女医と結婚すべからず

高瀬孝子

22世紀アート
22nd CENTURY ART

目次

第一章　私が女医になった理由《わけ》

町医者の役目

茨城県つくば市の竹園《たけぞの》に皮膚科を開業して、今年で満3年になる。筑波大学の臨床医学系皮膚科に勤めていた頃から通算すると、かれこれ16年もの歳月をこの地で過ごしたことになる。まだ引っ越してきたばかりの頃、つくばは住宅も少なく、ショッピングセンターも今ほどの賑わいはなかった。けれど6歳と2歳になったばかりの子供たちは、東京の生活よりもつくばの空気のほうが相性がよいらしく、あっという間にこの街に溶け込んでいった。

ところが、私はといえば、幼い子供たちの育児に追われ、医師としての仕事も中途半端なままに、苛立ちと焦りの中で日々を送っていた。そんなとき最愛の父が亡くなり、私は改めて医師としての自分を見つめ直すことになった。

あのとき、私は医師としての自分をどれほど情けなく思ったか。東京女子医科大学を出て、国家試験に通り皮膚科専門医になったという、ただそれだけの肩書で患者を診ている自分自身が、とてもちっぽけに思えて、私はとにかくどこに出ても通用する一人前の立派な医師になりたいと、痛切に思ったのだった。

あれから長い歳月が過ぎ、私は3年前に「高瀬皮膚科医院」を開業した。筑波大学を辞めて開業するには、それなりの心の葛藤もあったが、私は今改めて〝町医者〟になってよかったと、しみじみ思っている。紙おむつでカンジダ症になった赤ん坊や、茨城県特有の真菌症《しんきんしょう》で治療に訪れる患者さんたちに、私は逆に医療のあり方を教わっているような気がするのだ。これは医療現場の最前線にいなくては、体験できないことでもあった。

アトピー性皮膚炎で悩んでいる患者がやってきて、何とか治してほしいと言う。聞けば病院を何軒も転々とし、しばらく通って結果がでないとまた変える、そんなことの繰り返しで何年もきているとか。ここで強い薬を使って、一時的に症状を和らげることはできるけれど、それでは何の解決にもならない。そんなとき私は決まってこう言う。

「ねえ、湿疹も身の内だから、厄介だけど気長に付き合うくらいの気持ちでね、焦らないで治していきましょうよ」

病は気からというけれど、皮膚の病気もまた患者の心のもちようが大きく影響してくる。特に痒みや痛みに対し、対象療法として「はい、お大事に」と薬だけ渡しても、患者はとても耐えきれないだろう。医師は人間が本来持っている自己治癒力を、最大限に発揮できるよう手助けしてやるのが役目でもある。それには、機械的に診察して処方するだけでは解決にならない。患者を励ましながら、気持ちを奮い立たせ、患者自身に頑張る勇気と希望を生み出させなければ、結局、病気はよくはならない。

炎症が広まらないよう、痒みが押さえられるよう、飲み薬や軟膏で工夫をしながら、最終的には患者本来が持っている命のエネルギーを、プラスの方向に転化させていくことが大事なのだ。たいていの皮膚疾患なら、あるところまで回復すると、人は自分で病気を治していく内在的な力を発揮する。「医は仁術なり」というけれど、精神面でのフォローが、いかに患者の回復を早めるか。それは正確な診断や処方と同じくらいに、重要な位置をしめてくる。

「医者は人間が好きじゃなくちゃ務まらない」というのが、亡くなった父の口癖だった。私の記憶の中の父は、いつも患者と世間話をしながら診察をしていた。患者が、「今日は先生の漫談を聞きに伺いました」というほど、父は訪れる患者の中に溶け込んでいた。冗談を言いながら患者をリラックスさせ、相手の気持ちを受けとめる。父は診療において〝達人〟だったのかもしれない。

「患者の生活背景や立場を充分に考慮して入っていかないと、病気なんか治せないよ」

大学を卒業した私に、父はこんなことも言っていた。

医師になって25年、子育てと仕事のはざまで悩み、大学病院で研究にのめり込み、専門のカビ以外は何も見えなくなった時期もあった。けれど数々の心の葛藤を経て、体験とともに年齢を重ね、今ようやく父が言っていた言葉の意味が、身にしみて理解できるようになった気がする。

空襲警報のさ中で

父の名は比留間《ひるま》清治郎、母ははる子という。大正4年と大正10年生まれ。母は今年で74歳、父も生きていれば80歳になる。父は埼玉県の日高《ひだか》市で開業医をしていた。

私が生まれたのは埼玉県の与野市で、当時、日本はアメリカ軍の爆撃を受け、都市では至るところが焦土と化していた。昭和20年3月には東京が大空爆を受け、4月には米軍の沖縄上陸作戦が開始、与野市もまた戦禍の渦中にあった。

昭和20年5月14日。早朝から陣痛のはじまった母は、急激に押し寄せては、潮が引くように消えてしまう痛みに、焦りの色を濃くしていた。いくら国営放送が神国日本の勝利をがなり立てても、敗戦の色は日を追って濃くなっていく。すでに沖縄には米軍が上陸し、本土といえど、いつ米兵がやって来るか、みな不安に脅えていた。戦況が日増しに激化し奈落の底へと向かっているのが、女の目にも判断できる。母はひしひしと肌身に迫る危険を振り払いながら、「どうか無事に子供を産むことができますように」と必死に祈ったという。

そんな中で私は生まれた。母は空襲警報が鳴り響くさ中に出産し、私は産湯《うぶゆ》もそこそこに、母ともども戸板に乗せられて防空壕の中に避難した。

父は生まれたばかりの私の胸に聴診器を当て、「元気な心臓をしているよ」と母に言ったという。薄暗がりの中で、ようやく生まれた我が子を見つめながら、大役をなし終えた妻への父のねぎらいの言葉だった。

父と母が結婚をしたのは昭和18年のことだった。母の実家は埼玉県の飯能《はんのう》で開業医をしており、父は東京帝国大学（現・東京大学）の医学部を卒業し、その頃は本郷に下宿しながら、東大から派遣されて都内にある三楽《さんらく》病院に勤めていた。

知人の紹介で見合いをした二人だが、一番積極的だったのは私の祖父だったという。

祖父は娘がデートから帰ると、すぐに報告を聞きたがった。

「はる子、書生は今日はどこへ連れて行ってくれたんだ？」

「今日は上野の寄席ですよ」

「ハハハ、寄席か。はる子の書生はなかなか面白い奴だな」

祖父は母の報告に目を細めながら、どんな話にも嬉しそうに頷いていたという。祖父にしてみれば、東大出の将来有望な医師が、娘婿になることが誇らしくてしかたなかったのだろう。後年、父との馴れ初めを聞くと、母は決まって、「お母さんよりも、飯能のおじいちゃんのほうが熱心だったのよ」と言っていた。

もちろん母とて満更《まんざら》ではなかった。上野の花見や歌舞伎や寄席見物と、デートのたびに電車の乗り降りにも気をつかってくれる、父の誠実さや優しさに急速に魅かれていった。

結婚までは、見合いからわずか3か月足らずだった。父と母はとりあえず与野市に新居を構え、結婚して1年目に姉の元子が生まれた。元子という名は、父の恩師で東大の教授をされていた太田正雄先生に名付けていただいたものだった。太田先生は日本の医真菌学《いしんきんがく》の基礎を築かれた方で、太田先生の一番弟子が黒カビの大家《たいか》といわれる福代《ふくしろ》良一先生で、私はこの福代先生から、のちにカビの手ほどきを受けることになるのだが、むろん私はまだこの世に存在すらしていなかった。

戦局は一層激しさを増し、母は2人目の子供を身篭もり、戦禍の中で私を出産した。姉とは一つ違いだった。

やがて敗戦。終戦直後のどさくさが一段落すると、父は東大の助手から東京医科歯科大学へ講師として就職した。順調に教授コースを歩む父には、自信も誇りもみなぎっていた。すべてが順風満帆のように見えた。ところが、助教授の辞令が下りた頃から体力の衰えが目立ち始めた。戦時中の無理と栄養不足がたたったのか、父の体は結核に冒《おか》され始めていたのだった。

父の背中

父は将来を嘱望された若きドクターだった。医師としての自信もあり、夢もあった。それが思いもよらぬところで病気になり、大学病院の教授になる夢を断念せざるえない状況になった。

「一時期は、本当にかわいそうなくらい気を落としてね。この人はこのまま駄目になっちゃうんじゃないかと思ったくらい」と母が回想するほど、当時の父の落胆は大きかった。

ところが病気が回復して心機一転、開業医として再出発をした父は、持ち前の正義感や情の深さから、訪れる患者に親身になり誠心誠意、治療に専念した。結果、病院の評判は患者から患者へと伝わり、「比留間病院」は朝から行列ができるほどの繁盛だった。

父の実家は埼玉県川越市で布地を生産する工場を経営しており、父は10人兄弟の末っ子で、母もまた12人兄弟の上から6番目の子供だったという。父の家系に医者はなく、医学部を志した父に、祖父は「東大に落ちたら、知り合いの問屋へでっち奉公に行け」と言っていたのだとか。

生前、私はなぜ父が医者を志したのか聞いたこともなかったが、思うに、父の顔には右目の付近に「太田母斑《ぼはん》」と呼ばれたアザがあり、父はそのせいで医者を目指したような気がする。太田先生に師事したのも、そのせいだったのだろう。

ただし私が物心ついた時分には、すでに父はアザのことなど気にもとめていなかった。母や子供たちの誰もが、父の顔のアザなどまるで気にならなかったし、それはたぶん、父自身がとうにそのことを超越していたからなのだと思う。

だから私は、アザのある子供さんが診療に訪れると、「ご両親が気にすると、親の心配が子供に伝わって、やがて本人が気にするようになってしまうんですよ」と説明する。アザのある赤ちゃんが生まれたとしても、それは母親の責任でも何でもない。年頃になり、本人が気にし始めた頃、レーザーなどで治療すれば済むことなのだ。現代の医学なら、たいがいのアザはきれいに治る見込みがあるのだから。

ともかく、父は子供の目から見ても立派な医者だった。どんな患者でも、父は最後の最後まで手を尽くし、とうとう終《しま》いには、患者の家族が「先生、ありがとうございます。もう結構ですから。もう充分診ていただきましたから」と言うほどだった。

だから朝の7時半からはじまる診療に、患者が列をなして待っているという有り様で、大した病気でなくても、父の顔を見て話をすれば安心と、遠い町から何時間もかけてやって来る患者までいた。

そんな中で母は受け付けを手伝い、毎日をてんてこ舞いで過ごしていた。けれど、学校も今のように偏差値があるわけでもなく、姉と私と2歳下の弟の3人は、勉強を押しつけられることもなく、ドクターや看護婦や賄《まかな》いのおばさんたちが行き交《か》う中で、のびのびと暮らしていたように思う。

敷地内は、いつもどこかしらで増改築の工事が行なわれ、私たち姉妹の遊び場はそうした改築現場の材木置場だったりした。父は診察室の窓から子供たちの姿を確認しては、ときたま手を振り、庭には花を植えて小まめに観察をして、私に花の成長過程を記録させたりしていた。

晩年、父は「大学教授にはなれなかったが、医師として最高の人生を送れた」と語っていたが、私は医師としてのあり方を、この日常的な父の後ろ姿を通して暗黙のうちに教わっていたような気がするのだ。父にとって患者の病気を治すことは、文字どおり父の〝生きがい〟だった。

戦前、父は「ケロイドの病理」で博士号を取り、戦争中は熱傷《ねっしょう》を受けた患者の治療を手がけ、戦後も米国との国際会議でずいぶんと活躍したことを聞かされたが、父が亡くなってから、『医学中央雑誌』で父の抄録《しょうろく》を見たときには、懐かしさと誇らしさで胸に込み上げるものがあった。

鬼籍《きせき》に入った父の論文が、後世にまで残り医学の発展に寄与していく。それがどれほど意義あることか。父は亡き後までも、医師として、研究者としてのあり方を、私に示唆してくれたような気がしたのだった。

女医志望

　私が医師を志したのは中学生になってからのことだった。小学校まで地元の学校に通っていた私は、母方の叔父が東京世田谷にある成城大学で教授をしていたこともあって、中学から姉ともども成城学園の中等部に進学することになった。埼玉から世田谷へ、私たち姉妹はそろって叔父の家に下宿を始めた。

　姉と2人の生活には何の不満もなかったが、あの当時の成城は「紳士淑女教育」が徹底されていて、男子は背広姿の制服で、女子は私服で登校するような学校だった。同級生の女の子たちは皆、都会的でアカ抜けていて、帰り道が一緒だった岡田さんという女の子は、大きなシャンデリアが下がる家のお嬢様で、いつも髪をカールして、レースやフリルのついた服を着て、まるでフランス人形のように可愛らしかった。

　ひがな1日材木の上で遊びほうけていた私と比べたら、白鳥とアヒルほどの差があって、私は自分だけが田舎者のように思えて仕方がなかった。それで私はすっかり萎縮して、中学生時代はひたすら内向的な、おとなしい女の子になってしまった。

　女子医大時代の友だちにそのことを話すと、「信じられない」と目を丸くして驚いたが、あの頃はとにかく目立たずにいたいという気持ちが強かった。何しろ級友の中には、当時の手嶋郵政大臣の子息がいたり、私の親友の一人は文部省の宮地文部局長の令嬢だった。学園自体は自由な空気に包まれていたが、目立ってしまえば田舎育ちの自分をさらけ出さなくてはならない。私はみるみる劣等感の塊になっていった。

そこへいくと、さすがに姉の元子は落ち着き払っていた。1年先に下宿生活をしていたせいもあってか、妹の気持ちを察して私のクラスまでよく様子を見に来てくれた。そうして休日になると2人そろって映画を観に行ったり、姉は私が卑屈にならないように、ずいぶんと気をつかってくれた。けれど、まだ12やそこいらの子供にとっては、親元を離れての都会生活はなかなか馴染めず、私はヘルマン・ヘッセの『郷愁』を読んでは自分の境遇と重ね合わせ、窓の外を眺めながら我が家を思い出し、寂しさをかみ殺していた。

しかし、そんな寂しさも束の間だった。友だちができ、学校に馴れてくると、下宿生活もまた快適だった。もっとも今の子供たちのように、学校帰りにファーストフードに寄っておしゃべりするようなこともなく、せいぜい駅のそばの牛乳屋でヨーグルト入りのオレンジ牛乳を立ち飲みする程度だったが、それでも充分過ぎるほど楽しかった。

そんな中で、私は早くから将来は医師になろうと心に決めていた。何しろ母の実家も父も医者で、叔母たちも医師に嫁ぎ、私の知っている身近な大人の世界はどこもかしこも医者だらけだった。私は何の迷いもなく「医師になる」と思っていたし、専門も父のやっている皮膚科と、当然のように決めていた。

ところが、私に一番影響を与えた父が、この進学に反対した。理由は簡単だった。「女医になって女としての幸せがつかめるか」という、何とも時代錯誤な発想だった。大正生まれの父にとってみれば、女が仕事を持ち、家庭や育児が二の次になることは理解しがたかったのだろう。それでも意志を曲げることなく、高２になって理系コースを選択した私に、父は「せめて女子医大に行ってほしい」と言った。「なぜ?」と問い返すと、父は「共学に行くと、周りは男ばかりで女王様になってしまう。さもなければ、すぐに悪い虫がつきかねない」と言う。私は「ふーん」と聞いていたが、父は後日、母に「蝶よ花よと育てた娘を、そう簡単に取られてたまるか」と言っていたという。

ガリ勉

父は私の決意が固いのを知っても諦めきれないらしく、世田谷から埼玉に帰省するたびに、「女の生きる道は家庭にある。夫に尽くし、子供を立派に育てることが女の務め。女は花で、男は花を支える幹であり根っこなんだ」と、執拗に話していた。

あの頃、私は父の考えに反発し、「女の幸せは家庭ばかりではない」などと言っていたが、実際に家庭を持ち、仕事をかかえてみて初めて、その両立の難しさが身にしみた。

「孝子、いい奥さんになりたかったら、女は家庭に入ることだ」

繰り返し言っていた父の言葉は、医師の大変さを知るがゆえの忠告だったのだと、私はずっと後になって理解するような始末だった。

ともあれ、医大を目指した私の受験勉強はハードを極めた。朝から晩まで机にしがみつき、夜中の1時2時まで参考書をめくり問題集を解いていた。ところが、それだけ毎晩勉強に精力を使い果たすと、朝が辛い。ことに高校2年になって下宿先を移ってからは、電車通学に変わり、朝寝坊もしていられなくなった。

それでも朝はギリギリまで寝ていて、下宿のおばさんに「孝子さん、遅れますよ」と起こされ、私は朦朧《もうろう》とした頭の中で、「女医になるのに、こんなことぐらいでめげていられない」と自分を叱咤激励し、朝食もそこそこに身支度を整えて学校へと急いだ。

もちろん、おしゃれどころではなかった。英語を教えてもらっていた家庭教師の先生は、私が単語を覚えていないと20分でも30分でも、答えるまでじっと黙って待っている。私にはその沈黙が耐えがたく、学校の行き帰りも歩きながら英単語のスペルを空《くう》に描き、眠っていても夢に出てくるような有り様で、試験課目の生物は５４０ページの参考書をまる暗記するぐらい読み込んだ。

そうして受験勉強が追い込みに入ると、私は実家へ帰る時間も惜しく、部屋に閉じ込もって勉強に励んだ。あれほど反対だった父も、そんな娘が心配でたまらないらしく、口内炎になったと言えば、薬をもってわざわざ埼玉から駆けつけて、なにくれとなく心配をしてくれた。うとましいというよりは、私にはそんな父の愛情が嬉しかった。

白衣を着て、いつも軟膏の臭いのしていた父。たくさんの患者から慕われて、威風堂々としていた父が、受験勉強で10キロも痩せてしまった娘を思って気をもんでいる様子が、私にはとてももったいないような気がしたのだ。

結局、大学に受かって一番喜んだのもこの父で、娘の女としての幸せを危惧しながらも、自分の影響で医師を目指す娘へのいとおしさがない交《ま》ぜになり、父もまた戸惑っていたのかもしれなかった。

「医者になるからには、患者の心の痛みのわかる医者に」

父は合格を知ると、目を細めてそう言った。

女子医大・青春の譜

昭和39年、私は晴れて東京女子医科大学に入学した。いよいよ医師の卵としてスタートラインに立った。高校2年のときに下宿先を同じ小田急線沿線の豪徳寺《ごうとくじ》に移し、姉と隣り合わせで自分の部屋を持った。大学もここから通うことになり、受験勉強で夜食まで作ってもらった下宿のおばさんには、この後もいろいろとお世話になった。料理も上手で人柄もよくて、時を経て結婚してからは、上の子の面倒までみてもらった。

大学2年のとき、さらにここから学校のある新宿区の河田町に引っ越した。このときのルームメイトは同級生の新名通子《にいなみちこ》さんで、聡明で呑気でネアカな彼女のお陰で、私は大学生活を存分に楽しんで過ごすことができた。

ところが、この下宿先の大家さんというのが三味線のお師匠さんで、「あなた方も一緒に練習しましょうね」と言われて、新名さんと私は有無を言わさず弟子にさせられてしまった。しかし、こういうことになると新名女史は要領がよくて、上手に返事をしておいて、練習になるとスウッといなくなる。結局、私ばかりが取り残されて、「祇園小唄」や「武田節」を見よう見まねで爪弾《つまび》いた。けれど浴衣姿で発表会にも出たくらいだから、私もまんざら嫌いではなかったように思う。

その下宿屋から始まる私たちの1日。まずは朝起きるときれいに化粧をして身支度を整え、学校のそばの喫茶店でモーニングを食べて授業に出る。1日中びっしり詰まった授業を終えると、たいがいは夜の6時過ぎになってしまう。たまに試験などで授業が早く終わると、都電に乗って新宿通りの伊勢丹前で降り、ぶらぶらとウインドーショピングを楽しんだり、映画を観たり、そんな日々の繰り返しだった。

あれは確か『絶唱』という映画だったと思う。新名さんと二人で映画館に入り、観終わって席を立ったら、なんと同級生が10数人もいて、みんなで苦笑いしたこともあった。

「結局、みんな考えることは一緒なのね」

と私が言うと、新名さんは、

「同じ穴のムジナよ」

と、妙に大人びた口調で言うので、周りにいた同級生も笑い出してしまった。

とにかく他愛ない日々だったが、大学受験で身動きがとれないほど勉強にのめり込んでいただけに、進学してからは何をやっても楽しくてしかたがなかった。私はコンプレックスの塊のようだった高校時代を取り戻すように、遅まきながら女の子らしい興味を満たして歩いた。

もっとも、昭和40年代初めの女子大生の青春は、アルバイトに身を費やすこともなく、ボーイフレンドといっても同じ医大生と大学主催のダンスパーティに出席する程度のもので、特に夢中になったことといえば、冬の体育の授業でやったスケートぐらい。あれにはかなり凝って、何足もスケート靴を買い換えて、新名さんに「学校にも履いて行けば」とからかわれたくらいだった。

そういえば、もう一つ大学時代に習い事をした。19歳になった私に、姉が「お花とお料理ができれば、結婚しても困らないわよ」と言うものだから、私はそれを真《ま》に受けて、市ヶ谷にある江上トミ料理学校に早速申し込みに行った。もちろん大学のクラブは華道部に入り、卒業する頃には「孝草《こうそう》」という草月流の師範名をいただくまでになった。

料理のほうは毎週土曜日に2時間ほど習いに出かけ、和・洋・中とひと通り習って、大学4年には調理師の免状をもらった。

ところが父にそのことを報告すると、「医学生は何かというとライセンスばかりを欲しがるからなあ」と、あまり感心しない様子で言われてしまった。

初めての解剖

大学3年になると、いよいよ授業も専門的になり解剖が加わった。初めて解剖にのぞんだときは、千種類以上にも及ぶ神経系や脈管系の名称を覚えなくてはならないというプレッシャーばかりが大きくて、死体を取り扱う恐怖すら忘れていたが、それでも土気色《つちけいろ》になった男性の遺体を見たときは、ゾクッとするような肌寒さを覚えたものだった。後日、父に「怖い」と言ったら、「亡くなった人間なんかちっとも怖くない。生きてる男のほうがよっぽど怖い」と言われてしまった。

当時、女子医大の解剖室には木製のベットが縦に2列、5床ずつあって、その上にうつぶせになった遺体が置かれてあった。たかだか10体ほどの数だったが、私の記憶には何10体もの遺体が横たわっていたように残っている。

遺体はホルマリン漬けになっているので、一見すると蠟《ろう》人形のようで血の気はなく、上半身と下半身に3人ずつ、計6人で1体の解剖を担当し、ひと通り終わると上半身と下半身をチェンジして、もう1体行なう。

この解剖の授業は、無事に乗り切れば卒業までこぎつけられるというほど難関中の難関だったので、無駄なことを考えるゆとりはほとんどなかった。背中の表皮にメスを入れ、筋肉をチェックして頸椎《けいつい》、神経系とばらし、最後に膵臓《すいぞう》を取り出す。血管から神経から、人体のあらゆる部位の名称をラテン語で覚えなければならず、誰もが必死だった。

ただ今でもはっきりと覚えているのは、背中の解剖を終えてゴロンと仰向《あおむ》けに返したときに、遺体が丸太のように感じられたことだった。人というよりは、まるで〝物〟だった。私はもの言わぬ死体を前に、「この人はいったいどんな人生を歩いて、ここにこうしているのだろう」と思った。34歳という男性の遺体。人生の酸いも甘いも嚙みわけて、いよいよこれからというときに、解剖台の上で丸太のようになって横たわっている。その現実が、私にはひどく刹那的《せつなてき》なものに思えてしかたなかった。

人間関係のしがらみも悩みも苦しみも、命あればこそ。結局、人間というのは生きているうちが花なのだ、死んでしまったら、棒切れのようになってしまうのだと、まだ二十歳そこそこの私は思った。それは例えようのない鮮烈な印象だった。

ところで、この解剖でもう一つショックだったのは、遺体を仰向けにしたときに現れた男性の性器だった。解剖は人体のありとあらゆる場所にメスを入れるので、むろんペニスとて例外ではなかった。けれど、まだ恋愛らしい恋愛をしたことのない私たちには、さすがに気後れがあり、一緒に解剖にたずさわっていたクラスメートが、いっせいにギョッとしたのを覚えている。初めて異性の性器に触れるのには、かなりの勇気がいった。しばらく気まずい沈黙が流れ、「この部分は誰がメスを入れるの？」という顔で互いを見合った。

するとと緊張した空気を破るように、クラスメートの林田美保さんが、1歩前へ出てスーッとメスを入れた。目鼻だちがはっきりしていてグラマーな彼女だったが、このときはいつもより一層、彼女が大人びて見えた。そして私は、バラバラに分解されたペニスに骨どころか軟骨すらもないことを知って、さらにびっくりしてしまった。思い出せば懐かしい、若かりし日の青い体験である。

4年生になると法医学の実習が始まった。監察医務院に行きドクターについて変死体を検視しなくてはならない。今でも印象に残っているのが、東大の産婦人科で中絶手術の麻酔でショック死した女性と、血が止まらないよう洗面器に水を張って手首を切った老婆だった。

今しがた亡くなったばかりの妊婦の遺体は、解剖実習の遺体とは異なり、今にも息を吹き返しそうで、まだ体温のぬくもりが残っていた。指はこと切れる瞬間に動いたままの状態で、死を予感する間もなかったように美しい線を作って止まっていた。

対照的なのが自殺をした老婆で、苦しみに満ちた顔はまともに目を向けられなかった。妊婦には家に3人の幼子がおり、子供を産児制限しようと中絶手術を受けにきた。家を出るときは、まさか自分が死ぬことなど想像もしなかっただろうに。

わずか3、4時間で帰れるはずだった妊婦の死。かたや80歳まで生きて自殺をした老婆。それに丸太のように無機質になってしまった解剖用の遺体が重なり、私は生きることの意味を、改めて自らに問いただせずにはいられなくなった。

人間っていったい何なんだろう。悩んで苦しんで、それが何になるというのだろう。21歳になったばかりの私には、あまりに重く難解なテーマだった。

そして私は土曜日がくると、実家に戻り死んだように眠った。翌日の昼になっても起きてこない私に、父が心配して様子を見にきては、「孝子は死んじゃったかな」と声をかけていく。私は遠くに父の声を聞きながら、ラテン語の人体名を必死になって覚えている夢を見ていた。

第二章　結婚・出産・女の一生

高瀬靖広との出会い

出会いは唐突だった。

大学5年生の冬、成城学園時代の先輩から「あなたね、お食事をご馳走してくれるボーイフレンドぐらいいたほうがいいのよ」と言われて、女子医大の学食で紹介されたのが、高瀬靖広だった。

今でこそ体格はどっしりとしているが、当時の高瀬はほっそりとしていて、第一印象は「線の細い人」という感じだった。

当時、高瀬は中山恒明先生の指導する女子医大の消化器病センターにいて、医療錬士《れんし》制度の1回生だった。6歳も年上の彼は医師としても先輩で、学生たちの指導もしていたから、私にとっては「先生」という存在でもあった。ところが、その高瀬がある日突然、ボーイフレンド候補として私の目の前に現れた。これはちょっと青天の霹靂《へきれき》だった。

第一、高瀬は見かけと違って、非常に行動的でアグレッシブな人だった。何しろ出会ったその日から、毎日のように下宿へ電話をかけてきた。しかし下宿先まで電話をかけてくるからといって、特別話すようなことなど何もない。高瀬は決まって、「今日はどうでしたか?」と病院にいるときの口調で切り出し、私はその日の出来事をかいつまんで話すといったようなやり取りだった。

そのうち廊下におばさんの足音がすると、「孝子さん、電話ですよ」と言われる前に、ルームメートの新名さんが「彼から電話よ」という顔で私に合図した。だいたい夜の7時から8時にかけて、私は高瀬の電話を待つのが日課になっていた。

やがて私は世田谷の下馬《しもうま》にある高瀬の家の夕食に呼ばれるようになった。いつしかそれが毎週日曜日の恒例行事となり、私は高瀬から電話が来ると外出着に着替えて、再び化粧をして迎えを待った。そんな私を見て、新名さんは「あなたも大変よね。1日を2日に生きてるようなものだものね」と、同情しているような、感心しているようなことを言った。確かに試験の前日などは辛いものがあったが、それでも私は高瀬の家のアットホームな雰囲気に引かれて、彼について欠かさず〝高瀬家詣《もうで》〟を続けていた。

考えてみれば、高瀬とのデートの思い出で一番印象に残っていることといえば、彼の実家で夕食をご馳走になって、一緒にテレビを観て帰ってくることぐらいだった。どこかへ遠出したり、ゴージャスな食事の思い出などはとんと浮かんでこない。

ただ高瀬がアルバイトをしたお金で、初めて買ってくれた18金のイヤリングは今でも大事にとってある。小さな金の輪が2つぶら下がっていて、銀座のデパートで5千円くらいの物だったが、当時の私の下宿代が4千円の時代だから、高価なジュエリーを買ってもらったという記憶がある。

父以外の男性からの初めてのプレゼントということもあって、私はことのほかこのイヤリングを大切にして、高瀬の家へは必ずそれをつけて行ったものだが、そんな私を見て、高瀬のすぐ上の兄が、「あの子はお金のかからない子だね。こんなところでご飯食べるだけで楽しいのかな」と不思議がっていたという。

けれど人の出入りの多い家庭で育った私にとっては、外で二人っきりで食事をするよりは逆に気持ちが落ち着いた。そして高瀬は私を下宿まで迎えに来て、家に戻って食事をし、それからまた私を下宿まで送り届けると、「じゃ、また明日」と言って帰っていくのだった。

ずっと後になって、高瀬はあのときのことを、こんなふうに言っていた。

「ウダウダと物事を深く考える女には、時間を与えないほうがいいと思ったんだよ。それに、僕を知ってもらうには、家に連れていくのが一番だと思ったからね」

ちなみに私の印象は「おとなしくて無難な女」だったとか。結婚したら夫の言いなりになって、すんなりと家庭の主婦に落ち着くとでも思ったのだろうか。

私のことを紹介してほしいと、先輩にこっそり頼んだ話だって、私はちゃんと知っているのに。あまたいる女子学生の中から私を選び、首尾よく妻にしたのだから、もっと大切してもらってもいいかもしれないと、ふと思う今日この頃。そう、女は男性次第で美しくも醜くもなるもの。妻が老け込むのは、夫の責任なのだ。

学生結婚

高瀬と付き合い始めてすぐ、私は彼を両親に紹介した。むろん、まだ結婚など考えてもいなかったが、父からは「知り合った男性はすぐ家に連れてこい」と堅く言われていたこともあり、私は大学6年生になると早々に彼を伴って実家へ帰った。ところが高瀬を見た父が、ひと目で彼を気に入ってしまったものだから、結婚話は予想外にすんなり進んでしまった。

私が年頃になってからは父も覚悟を決めていたのか、帰省するたびに「イキのいいのを連れてこいよ」とさりげなく探りを入れていたが、高瀬を見て、「あいつは悪い人間じゃないぞ」と言った。

初めて出会った父と高瀬は年齢の差はあれど、同じ医師として医学の話に熱中していた。2人の話は大いに盛り上がり、まだ学生の私は父と高瀬の会話についていけず、そばで黙って話を聞いていた。

私はすっかり意気投合していたのかと思ったら、私たちが帰った後で、「親はつまんないな。大事に育てても、半年やそこいら付き合った男に、アッという間に持っていかれちゃうんだからな」と母に嘆いたのだとか。それでもあきたらず父は友人にまでぼやいて、「娘をいつまで家に置いても、値が出るものでもありませんから」と慰められ、しかたなく複雑な胸の内を自らの懐《ふところ》にしまい込んだ。

そういえば私が大学に入った頃、エジプトに行った父が、土産に「男性から身を守る石」というのを買ってきて、それを指輪にしてプレゼントしてくれたことがあった。高瀬にその石を見せながら、「これはね男性から身を守る石なのよ」と言うと、高瀬は面白がって兄弟や友人の前で、「これは何の石なの？」とわざと質問した。まだ純情な私は、そのたびに「これはね……」と説明してみせたが、今になってあの石には父の矛盾した思いが込められていたのだと思った。

医者になる娘が嫁に行き遅れないよう、それでいて少しでも長く自分の娘であってほしいと、父自身にも説明のつかない思いが渦巻いていたのだろう。母が、「お父さんは孝子が生まれたときから、あなたにメロメロだったのよ」と言うが、私が学業や高瀬とのデートで忙しく、実家に戻らないときには、父はとても寂しそうにしていたのだとか。

むろん私はそんな父の気持ちを知る由《よし》もなく、すっかり高瀬のペースにはまり、医師としての実力もあり、行動力に満ちた高瀬との結婚を考えるようになっていった。

ホルモンのなせる技か、人も年頃になると異性を求め親元を飛び立っていく。うまくしたもので、私の結婚願望に灯がともり始めたとき、目の前に高瀬がいた。私には迷う間も理由もなかった。

昭和45年2月22日、私たちは都内の赤坂東急ホテルで結婚式をあげた。お色直しにはホテルのショーウンドウに飾られていたイブニングドレスを着て、それも父と大喧嘩をした末に決めたドレスだったが、今にして思えば、あれが娘の私に堂々と進言できる、父親としての最後の注文だったのかもしれなかった。

高瀬靖広30歳、孝子24歳。

女子医大6年生の冬、私は1か月後に卒業式を控えていた。

新妻研修医ブルース

さて、結婚もして、晴れて大学も卒業し、女子医大の皮膚科学教室に研修医として残った私の前途は洋々のはずだった。初任給はたかだか2万程度のものだったが、私は馴れ親しんだ大学病院で、医師としての第一歩を踏み出せることに誇りさえ感じていた。

ところが、大きな番狂わせが待っていた。私のお腹にはハネムーンベビーができていたのだった。昭和45年の4月に入局して、5月にはつわりが始まった。妊娠は予測していたが、つわりがこれほど苦しいものだとは思いも寄らなかった。何しろ突然襲ってくる。おまけに5月には、医師の国家試験が待ち受けていた。

馴れない病院勤めと国家試験と妊娠。私は白衣のポケットにビニール袋を忍ばせ、吐き気をもよおすとトイレに駆け込んだ。そのうえ所帯を構えると、家事が一手に私の肩にのしかかってくる。料理は3年間も習っていたから嫌いではないけれど、朝の5時30分に起きて、朝食の支度をして、6時半には夫を送り出す生活はちょっと堪《こた》えた。

高瀬もまた、午前7時回診、9時にはオペと、休む間もなく仕事が待ち構えていた。私は家事を済ませると、朝の8時半には出勤して、教授について回診をし、外来では教授の診察した内容をカルテに記載するベシュライバーと、注射と、初診患者のアナムネーゼ（既往歴）を聞き取る3種類の仕事を、他の研修医と交代で行なった。そのうえで当直もこなし、5月に待ち構えていた医師の国家試験に向けて、眠る時間を削って勉強に精を出した。当然、床につくのは夜中の1時か2時。大変だったが、それでも私はやっていけると思っていた。

さすがに新聞に発表された国家試験の合格者欄に、自分の名前を見つけたときはホッとひと息ついた心地がした。高瀬はもちろんのこと、父も母も本当に喜んで、私もようやく医師として基礎固めができたという感じだった。

しかし、一難去ってまた一難。今度は勤め先の人間関係が重くのしかかってきた。

私は産休まで働いて、子供を生んでからも病院の託児所に預けて勤めるつもりでいた。先輩の女医たちにしても看護婦にしても、皆そうやって出産、育児を乗り越えてきている。当然、自分にもできると思っていた。

ただ、妊婦となると細菌感染の恐れがあるため、診療に立ち合うことができない病気もある。そうなると仕事にも若干の制約が加わる。周囲の理解が得られなければ、仕事を続けていくのは苦しかった。

ところが当時の某先輩は、妊娠した研修医に対してことのほか冷やかだった。お腹が目立ってくると、私だけ研修会から外される。何かにつけて「高瀬さんは妊娠してるから」と、聞こえよがしに言われる。

視線が冷たい。同性だから理解してもらえるだろうと思ったのはとんだ間違いで、同性だからこそ、まして独身であれば余計に、身篭もった私への対応は厳しかった。

のちのち聞いた話によれば、この某先輩には同級生が次々といじめられ、人知れず悔し涙を流したという。そんな相手だったから、彼女のいじめを知っている他のドクターたちは、休み時間までこき使われる私にこっそりとお弁当をわけてくれたり、冷房をそっと弱めてくれたり、何かと気をつかってくれた。〝お局様〟のお陰で職場の団結が強まる。女の園は、どこでも似たり寄ったり。嫉妬、焼きもち、更年期………。女の人生は、端《はた》で見ているほど楽ではないのだ。

さて、私は妊娠8か月日まで勤め、9か月日にようやく産休に入った。ところが休みに入った途端に妊娠中毒症にかかり、血圧は上がり、蛋白尿が出て、足首がむくみだした。妊娠中毒症は栄養が妊婦ばかりにいき、肝心の赤ちゃんにいき渡らない。私はすぐに実家に戻り療養したが、ある日突然、お腹の胎動が感じられなくなった。

不安がよぎった。もしかしたら………。すぐに産婦人科を訪れたが、案の定、胎児の心音はこと切れていた。

即刻、入院。陣痛促進剤を打たれ、普通分娩の形で子供を取り出すことになった。お腹の子は、すでに死亡していた。

死んでしまった子を産み落とさなければならない辛さは、どう表現したらよいのだろう。十月十日の間お腹の中で育んだ子を、いよいよこの手に抱きしめられると思うからこそ、あの出産の苦しみにも耐えられることができる。なのに、ようやく産休に入ったと思った途端、赤ちゃんはお腹の中で死んでしまった。

自分を責めても子供は戻ってこない。私はどうしようもないやり切れなさを噛みしめながら、涙をのんで必死に力を振り絞っていきんだ。

いくら医学の知識をもってしても、底知れぬ悲しみは癒《いや》せなかった。私は自分が医師であるということなど、何年間も学んできた医学の知識など、ちっぽけなものだと思った。女なら誰にでもできることが私にはできない。医師である前に、人として、女として及第点のとれない自分が、ただただ情けなく思えてしかたなかった。

家庭と仕事のはざまで

死産は私の人生の中で初めての挫折だった。母は気丈にも生まれた子に産着《うぶぎ》を着せてくれたが、私はショックが大きすぎて、顔を見ることすらできなかった。

「元気になれば、子供はまた生まれてくるから」

娘の前では気丈に振る舞い私を慰め続けた母もまた、隠れて私と同じ量の涙を流していた。一歩病室の外へ出れば、生まれたばかりの我が子を、喜々として抱いているお母さんたちと出会ってしまう。気落ちする私を励まそうと、母も精いっぱい私に気をつかってくれているのがわかった。

父は父で、分娩の前日に見舞いにやってきて、突然ジュエリーボックスを差し出した。「開けてごらん」と言われるままに中を見ると、20センチ四方の箱の中にプラチナ台でできたルビーの指輪がポツリとあった。そうして「いつでも戻ってこい」と言った。

父にしてみれば、死んだ子を生まなければならない娘が、不憫《ふびん》でしかたなかったのだろう。自らの意志を貫いて医師になり、医師になったがために、仕事と家庭とのはざまで人一倍の苦労を背負い込まなければならない。そんな娘に父親として言えることは、「辛かったら、いつでも戻ってこい」という、そんな言葉でしかなかった。しかしこれもまた、父なりの精いっぱいの思いやりだった。

一方、高瀬は毎晩、病院が終わると駆けつけてきては、何くれとなく私の世話を焼いた。「男兄弟ばかりだったから、女性の体のことがわからなくて申し訳なかった」と、高瀬は自らの悲しみは口に出さず、私をいたわった。

結婚してすぐに子供ができ、国家試験と、研修医としての勤めと、さらに主婦として時間をやりくりしながら頑張る私に、彼は彼なりに夫としての責任を感じていたようだった。ベットの脇の椅子に座り、何時間も病院での出来事をしゃべってきかせる。そうやって、私の悲しみを紛《まぎ》らせようとしていた。

が、こと仕事と家庭の問題に関して、高瀬の言い分は一方的だった。死産のあと、高瀬は私の体を心配して、両立は無理だから家庭に入れという。

「僕は医師の君と結婚したんじゃなくて、孝子という一人の女性と結婚したんだ」

と、高瀬は言った。

気持ちがわからないわけではなかった。確かに産休に入ったときに、私は仕事から解放されたことに心《しん》から安堵した。が、それはそれとして、私の心の中には、どこか妊娠に対する後悔があった。

（何でこれからというときに……）

私は妊娠を知ったとき、嬉しさと迷いの入り交じった気持ちで思った。さらにその気持ちは、妊娠中密かに胸の奥底で渦巻いていた。

高瀬の言い分に、私はそれまでこらえていた憤りが一気に爆発した。

「そんなに家にいる女がよかったら、もっと違う職業の人と結婚すればよかったじゃない。私は医師として、まだまだ勉強しなくちゃならないのに。それをわかっていて言うの？」

高瀬も必死で反撃に出た。

「何も外で働くだけが勉強じゃないだろう。家の中でだって、やる気になれば充分勉強はできるはずだ」

「それだけじゃないでしょ。医師として一人前になるには、経験が何者にもかえがたいことは、あなたが一番わかっているはずじゃないの」

「じゃ君は、また子供を死産しても平気なのか」

「死産したくて、死産したわけじゃないわ」

話は呆気なく決裂してしまった。私は死産の原因を高瀬になすりつけながら、彼をなじった。

「私はまだ医師の卵なのに、そんな女に子供ができたって育てられるわけないじゃない。あなたは自分の身勝手で私を家庭に縛りつけようとするけれど、少しは私の身になって考えてみたらどうなの」

高瀬には高瀬の理想の家庭があり、私には私の理想の人生があった。意見は互いに平行線をたどりながら、しかしまだ体の調子が戻らぬ私に、高瀬はそれ以上詰め寄ることはしなかった。

だが、意に反して私はそれから半年後に再び妊娠していた。

ついに長男誕生

２人目の子供は妊娠２か月で流産をしてしまった。静かに過ごさなければならない時期を、忙しく立ち働いているうちは子供は無理かもしれないと、私は半ば諦めた。とにかく研修医としての２年間は、石にかじりついてでもやり抜こう。子供はそれからでも遅くはない。高瀬にはそれで納得してもらうことにした。

昭和47年の４月、高瀬が甲府の宮川病院へ転勤することになった。大学病院では医師の経験の幅を広げるために、外の病院へ勤めることがよくあり、１、２年して再び古巣へと戻る。研修期間を終えた私は、高瀬について甲府へと引っ越すことになった。

結婚して初めて、私は〝専業主婦〟になった。大学病院に比べると給料もよく、私はゆったりと甲府の空気を吸いながら、遅まきにも新妻ぶりを発揮して過ごした。やがて妊娠。相変わらずつわりはひどかったが、今度は夫の勤める宮川病院に入院して安定期を待った。

昭和48年、私は妊娠５か月に入ると、父のたっての頼みで実家の病院を手伝うことになった。父は久しぶりに我が家へ戻った娘とお腹の子供のために、画集を買ってきたり、「ビタミンCをたくさん取ると、肌のきれいな赤ちゃんが生まれてくるよ」と言って、かかえるほど果物を持ってきたりした。そして私は、昼間は皮膚科の診療を手伝い、午後はモーツァルトやシューベルトを聞いてゆったりと過ごした。

昭和48年8月3日、私は国立東京第一病院で長男の順年《ありとし》を出産した。その頃、夫は女子医大に戻っており、面会時間になると目と鼻の先にある第一病院へ、白衣のまま飛んできて順年を抱き上げていた。

体重は2790グラム。ちょっと小さめだったが、目元は高瀬に似て、夫はしごく満足のようだった。ただ彼にとって心残りだったのは、私が帝王切開で生んだことで、「心の傷はやがて消えても、体についた傷痕は消えないから」と、私の傷口を見て言っていた。

しかし一番困ったのは父だった。帝王切開で出産したために、傷口が痛んで思うように母乳を飲ませることができない。私が授乳の時間になっても起きられずにいると、看護婦がやってきて「お母さんになったんだから、ちゃんと母乳くらいやらなくちゃ」と厳しい口調で注意した。それを父に話したら、父はすぐに病院長のところへ行って、「もっと娘に優しくしてほしい」などと直訴《じきそ》したものだから、注意された看護婦が怒って余計に辛く当たってくるという始末。お陰でとうとう私はいづらくなって、出産6日目ほどで逃げるように退院してしまった。

ともあれ、みなようやく生まれた子供が可愛くてならず、高瀬などは帰宅すると、すぐに順年を抱き上げ、「おい順年、大きくなったらおまえも医者になるか」と、まだ首も座らぬ我が子に話しかけていた。

順年、命！

最初の子供を死産しているために、順年にはことのほか気をつかった。とにかく今度この子に何かあったら、私はもう生きていけないと思いつめるほど切羽詰まった気持ちだった。だから私としては、すべてが育児書どおりでなくては気が済まない。

当時はスポック博士の育児書なるものが流行していて、私は何冊かの本を片手にマニュアルどおりの育児を実践した。例えば母乳を飲ませる前に体重を量り、飲ませた後にもまた量る。すると飲んだ母乳の分だけ体重が増えるので、1回の母乳の量を知ることができた。私は逐一それを育児ノートに書きとめ、その都度ホッと胸をなでおろすといった状況だった。

部屋の湿度は60パーセント、温度はいつも20度前後。夫が風邪をひけば、「順年にうつるといけないから、しばらく実家に戻ってくださらない」と言い、離乳食が始まれば、朝から野菜を煮込み、分量も時間も厳格に守り、食器類はきちんと消毒したものを使った。

さすがに高瀬も「そんなに神経質になる必要はないよ」と言ったが、後ですぐ上の兄から、「子供を生んだばかりの女というのは、1年間は正常と異常の間を行ったり来たりしてるものなんだから、好きにやらせたほうがいいよ」と忠告されて、育児に関しては何も口出しをしなくなった。

その頃、私たちは東武東上線沿線の上福岡《かみふくおか》という所に住んでいた。まだあの頃は空き地も多く、私は1日のスケジュールに添って順年を散歩に連れ出し、存分に日光浴をさせた後に昼寝をさせ、合間に家事をこなして毎日を送った。ところが、無我夢中で1年を過ごして順年の育児に一段落ついたら、またもや「医師としての自分は、このままでいいのだろうか」という思いがムクムクと頭を持ち上げてきてしまった。

暖かい日にはアンパンを持って近くの土手に座り、1歳を過ぎた順年と一緒に電車を眺めるのが日課だった。そうして順年が外の遊びに疲れて眠ると、私は一人、何歳までにはこうなって、何歳になったらあれをやってと、夢のような人生計画をレポート用紙に書きながら、焦る気持ちを静めていた。

そんな私の気持ちを知ってか知らずか、父が再び病院を手伝ってほしいと言ってきた。手伝いといっても大したことなどできないことは、父も充分承知していた。それでも仕事という名目で呼び寄せれば、気兼ねなく娘と孫の顔が見られる。父には一石二鳥だった。私は1年ほど順年の手を引いて、父の病院に通った。やがて、私は二人目の子供を身籠もった。

昭和51年11月、3歳になった順年の七五三の祝いのときには、ちょうどつわりがひどくて、私は4キロも痩せてしまった。父はそんな私を見て、「無理をしないように」と言ったが、実は父もこのとき急激に痩せ始めていたのだった。

第二章　結婚・出産・女の一生

このとき父は「今度は女の子が生まれてくるといいな」と言って、私にお雛《ひな》様を買ってくれたが、なぜか母にも同じように立派なお雛様をプレゼントしたという。後になって、父は何かを予感していたのかもしれないと思ったが、このときはまだ誰一人、父の病気を予見する者はいなかった。

父は羽織り袴《はかま》姿の順年を膝の上に抱いて、「順ちゃん、立派になったな」と目を細めていた。

「孝子も一人前の母親になったじゃないか。子供を持ってみなくちゃ、親の気持ちはわからないからな。医者として、これもまたいい経験だよ」

と父は言った。しかしその横顔はげっそりと肉が落ち、何歳も老け込んでしまったように見えた。

ハイカラで陽気で、人生を楽しんで生きていた父の面影が薄れている。私はふっと胸騒ぎを覚え、あわててかき消したのだった。

今年の桜は………

父はすでに病に冒されていた。順年の七五三の祝いに訪れてから、わずか4か月ほどの間に黄疸症状が出て、診察の結果、ガンが発見された。胆嚢《たんのう》と膵臓の末期ガンだった。母は身重《みおも》の私を心配して「孝子には言わないで」と高瀬に言ったそうだが、高瀬は「孝子も医者ですから」と言ってすべてを打ち明けてくれた。

すぐにも手術の必要があるという。しかし助かるかどうかはわからない。私は高瀬に、「助からないんだったら、切り刻むようなことはしないでね」と言ったことだけを鮮明に覚えている。

ガンが発見される2か月ほど前、父と母はインド、スリランカを旅した。食事も交通事情も宿も悪く、母はその後急激に食欲を無くした父を、「あの旅行のせいかもしれない」と言って心配していた。母はまだ、夫がガンに冒されていることなど予想もしていなかった。

母は食の細くなった父に、「栄養のあるものをお食べにならなくちゃ、体が持ちませんよ」と言って、いろいろ工夫をしていたが、父は「年をとったらたくさん食べる必要はないんだ。痩せたほうが体にいいのだからね」と言って、母の言うことを聞き入れる様子もなかった。

3月に黄疸が出て、東京の虎ノ門病院に入院し、その後女子医大に移った父は、4月末に手術をした。

弟の政太郎は、その頃まだ大学院生で、高瀬と一緒に手術に立ち合った。父には胆嚢結石を取り出すと言って納得させたようだが、開けてみると胆嚢も膵臓も手がつけらない状態だったという。弟はそのことを母に告げた。母は何も言わず、ポロポロと涙をこぼし立ち尽くしていた。

処置のしようがないため胆嚢だけを摘出したが、幸いなことに黄疸は消えた。父は手術後の切り口を見て「肝臓ガンだな」と言ったが、母はそれを聞いて「あなた、胆嚢結石と慢性肝炎だそうですよ」と念を押すように言うと、父はあっさりと信用してしまったという。

けれど今から思えば、もしかしたら父は母の気持ちを察して、信用したふりをしたのかもしれなかった。何しろ手術後の父ときたら、借りてきた猫のようにおとなしくなってしまい、付き添いを頼む必要もないほどだった。

大きなお腹をして見舞うと、「私のことは心配いらないから、孝子は自分のことを心配しなさい」と父は言った。

6月16日、私は長女・敦子《あつこ》を出産した。床上《とこあ》げをして、すでに退院していた父に敦子を見せに行くと、父はすっかり肉の削《そ》げ落ちた腕で敦子を抱き上げて言った。

「これは丈夫そうな、よい子だ。靖広くんにそっくりだな。女の子は可愛いぞ。大事に育てをなさい」

しかし私は20キロも痩せてしまった父の変わりように、真正面から目を合わせることができなかった。

そして父はポツリと言った。

「孝子、もう子供は生まないほうがいい」

死産、流産を繰り返し、妊娠のたびにつわりで苦しむ私を見ていたから、父にしてみれば、もうこれ以上娘の体に負担をかけさせたくないという気持ちが強かったのだろう。私は込み上げるものを押さえて、「はい」と返事をするのが精いっぱいだった。その言葉は、明らかに父の遺言だった。

そうして夏が終わり、冬になり、正月には家族が集まって恒例の記念写真を撮り、日中は散歩もしていた父が、２月になると急に歩けなくなり、昨日まではトイレにいけたのが今日はだめと、日に日に衰弱していった。

「孝子、今年の桜は見られそうにないよ」

電話口で父はもつれるように言った。

食事も喉を通らなくなった。１年近い看病で、母もすっかりやつれ、私は自分の非力さが改めて情けなかった。

娘のことになると見境がなくなり、こよなく人間を愛し、おしゃべり好きだった、あの頃の面影はすっかり影をひそめてしまった。父は別人のようになって、ベットの上で痩せ衰えて横たわっていた。

夜になって部屋の電気を消そうとすると、父は不安な目をして「消さないでくれ」と言う。母は小さな豆電球をともして、「これならお顔が見えますよ」と安心させたという。

「真っ暗になるのが怖いみたいなのよ」

母は様子を尋ねる私に言った。しかし父自身は、決して母にも子供たちにも弱音は吐かなかった。最後まで立派に、男として父親として振る舞おう、そんな気配が感じられた。

「お父さん、死なないで」

私は日に日に衰弱していく父を見舞いながら、子供のように何度も何度も繰り返しつぶやいた。

2月22日、その日は高瀬と私の8回目の結婚記念日だった。母に呼ばれ実家に駆けつけたときには、姉の元子も弟の政太郎も、父を取り囲むようにして立っていた。酸素吸入のマスクがつけられ、母は父の手を握っていた。勤務を終えた高瀬が到着し、ずっと父の診察に当たってくれていた開業医の従兄弟《いとこ》に病状を尋ねた。高瀬の顔に緊張が走り、弟が呼ばれた。戻った二人は何も言わずに私たちを取り囲んだ。

午後8時。心音が乱れ始めた。するとアッという間に呼吸が止まり、母があわてて「お父さん」と呼んだ。しかし父は二度と再び母に応えることもなく、そのまま静かに息を引き取った。

その瞬間、私の視界からすべての色が消えた。父との思い出が一瞬にして私の脳裏を駆けめぐり、私の命だけが置き去りにされたような絶望感に襲われた。

私は地面が唸《うな》り声をあげるような、すさまじい悲鳴をあげて父の体にしがみついた。

第三章　カビ一筋に、女ざかり

意志あるところに道は開く

昭和52年4月、高瀬が筑波大学臨床医学系外科へ転勤した。父が亡くなったのは、その翌年の2月のことだった。私は高瀬についてつくばへ引っ越したが、その年の6月に長女を出産して体調が回復すると、再び実家の病院を手伝い始めた。

高瀬は私のことを心配しながらも、体の弱った父への配慮からか、実家へ泊まり込むようになっても文句は言わなかった。しかし、父が亡くなってから病院の跡継ぎ問題が表面化してくると、高瀬はきっぱりと「孝子はつくばに連れて帰りますから」と言った。父の病院は病棟を閉鎖し規模を縮小して、弟の政太郎が一人前になるまで代診を頼むことになった。

が、葬儀が一段落してつくばへ戻ったものの、私は子育てにも身が入らず、もぬけの殻だった。

「30代は勉強、40代は信用獲得、50代は少々貯蓄し、60代は残務整理だよ」というのが口癖だった父。父の残務整理はとうとうできず終いだった。しかし、33歳になった私はいったい何をしたらよいのか。何ができるというのか。私は父の死によって、突然、囲いから解き放された雛鳥のように方向を見失っていた。

私は医師として、いったいどれだけのことを知っているというのだろう。大学を卒業し、国家試験に受かり、皮膚科一般診療を受け持ったというだけで、特出する分野があるわけでもない。子育てと両立しながら細々と仕事をし、皮膚科専門医指定病院を経営する父の庇護《ひご》のもとで、かろうじて医師の体面を保っていたような私に、この先どんな未来があるというのか。母であり、妻であり、女であり、そして医師である私の人生の羅針盤は、この先どこへ向けるべきなのか。まがりなりにも医師として生きていくならば、専門性を身につけた一人前の医師にならなければ……。

私は孤立無援の思いの中で、自らの人生をさまざまに思い巡らしていた。

そんなとき筑波大学の臨床医学系皮膚科の医局で、助手をしてほしいという話が持ち上がった。私には願ってもない話だった。

が、しかしである。助手として常勤になれば病棟勤務がある。入院患者の中には膠原《こうげん》病や悪性腫瘍《しゅよう》など、重症患者もたくさんおり、当然、主治医として担当することにもなる。そうなれば家に帰れない日もでてくる。だが、子供たちはまだ小さい。順年は幼稚園だが、長女の敦子は2歳になったばかりだ。親の愛情と手助けがまだまだ必要なこの時期に、果たして私に病棟勤務が勤まるのか。

子供か仕事か。私の心は右へ左へ大きく揺れ、悩み抜いた末に、ともかく皮膚科の主任教授にお会いしようと、夫の勧める筑波大学へ出かけて行った。

そのときの皮膚科の主任教授が上野賢一先生だった。上野先生は雑談をしながら、ときおり女性の人生観にも触れ、すぐにも私の迷いを見抜かれたようだった。そして、こう言われた。

「高瀬さん、意志あるところに道はありますから」

教授の言葉は、はっきりと未来に向かっていた。私は一瞬、体の中に電流が走ったような衝撃を受けた。

私が負けてしまっているのは、自分自身の弱い心だった。何も挑戦しないうちから駄目だと諦め、先案じばかりしている。未来は自分の努力で切り開いていくものなのに。不可能と思えば、何も開けない。可能性へ向けてチャレンジするのが、人間の知恵ではないか。

私の心は決まった。グズグズ悩んでいても始まらないのだ。子育ても仕事も、できうる限り努力して、行き詰まったらまたそこから考え直せばいい。とにかく、このまま埋もれてなるものか。

私の胸には医学に対する執念のような思いが、音を立てて渦巻いていた。34歳の春のことだった。

しかし実際に仕事についてみると、重症患者の主治医は、私が考えていたよりずっと大変な仕事だった。

ＳＬＥ（全身性紅斑性狼瘡《こうはんせいろうそう》）の患者に精神症状が現れ、彼女は生死の境を彷徨《さまよ》った。ＳＬＥの悪化による精神症状なら、ステロイドを上げなければならない。ステロイドの副作用による精神症状なら、ステロイドを下げなければならない。ところが病状だけでは、その判断がなかなかつきにくい。私は教授のアドバイスをもとにステロイドの量を調整し、当直明けも病棟に残って様子を見ながら、何とか危機を脱出することができた。

が、そういう患者が1人や2人ではないのだ。国立の大学病院ともなれば、〝最後の頼みの綱〟で訪れる患者が多い。面会謝絶の患者を何人もかかえ、私は医局と患者の家族の間を行き来し、病棟内を東奔西走した。そうしてすっかり参ってしまい、面倒見のいい助教授の部屋を訪れさめざめと泣く。考えてみれば、助教授にしても迷惑な話だった。

あのとき、お世話になった馬場徹先生は、「高瀬先生泣くなよ。俺が泣かせているみたいじゃないか」と言って、ティッシュを箱ごと投げてよこすのだった。

そうこうしているうちに季節も巡り、私もようやく仕事に馴れてきた。考えてみれば研修医以来、久しぶりの本格的な大学病院勤務だった。あれから7、8年の歳月がたっている。研修医だったあの頃、医師とはいっても名ばかりで、私はまだ大学を出たての青二才だった。やがて私は二人の子供を生み母となった。子育てに追われ、ジレンマに陥ったこともあったが、振り返ってみると、子育ての経験は確実に私の精神にふくらみを持たせていた。

子供の患者が来れば、母の立場や気持ちが痛いほどよくわかる。かつて父が言っていたように、医師にとって無駄な経験など何一つなかった。

その昔、小さい我が子に手を焼いて、気ばかり焦って悶々としていたが、それも一時期。どうせなら、そんな時代はすっぱり気持ちを切り換えて、もっと子育てを楽しむべきだったのかもしれなかった。もっとも、それもさまざまな体験を経た今だから言えることであって、あのときはあのときで無我夢中だった。その夢中さが結局は血となり肉となり、高瀬孝子という一人の医師を作り上げてきた。

ブランクと思っていた時期は、私の人間としての充電期間で、あの頃の体験が確実に医師としての私を成長させていた。

カビに魅せられて

カビを専門用語で言うと「真菌」という。なぜ私が真菌に興味を持ったかといえば、これもまた父の影響だった。医師になると決めたときも、はなから私の頭の中には皮膚科しかなかった。軟膏の臭いと父の白衣、診察室の顕微鏡、院長室に掛けられていた太田正雄先生の写真。それらはすべて私の未来につながっていたような気がする。だからドクターになっても、私は迷うことなく皮膚科の道に入った。

しかし、この興味をさらに広げてくれたのが筑波大学だった。何しろ、このつくばという土地は特殊なカビと、真菌症患者の多い地域だった。地の利とでもいうのだろうか、土の中には世界でも珍しい真菌が住んでいる。ここへ来てから、私は論文の題材の尽きることがなかった。珍しい病気や珍しいカビと出会うごとに、私はますますカビに魅せられていった。

培地《ばいち》に生え始めた頃のカビを肉眼で見ると、それは美しい。それこそ雪の結晶のように繊細で、美しい毛足をしている。それを培養して顕微鏡を通して見ると、カビは実にミステリアスな形をしミクロの世界の神秘を感じさせるのだ。カビは人間に寄生して厄介な症状を起こすが、顕微鏡で見るためにスライド培養すると、伸ばした菌糸《きんし》や胞子が高価な盆栽などよりずっと芸術的な姿を見せる。おまけにその肉眼的な色合いときたら、はかなげで、ときにジュエリーよりも幻想的なのだから堪《たま》らない。

入局してまもなく、私はミクロスポールム・カニス（Microsporum canis白癬菌《はくせん》の一種）に感染した患者を受け持つことになったのだが、病変から菌を分離して培養すると、カビは培地上に集落を形成した。カビが菌糸を伸ばすところを、培地の裏側から日にかざして見ると、太陽を浴びた菌糸たちが淡く揺らめいて、私はその美しさに思わず見とれてしまった。すると看護婦がそばにやってきて、

「先生、まるで板前さんが、大切にしている包丁を密かに夜中に研いで、満足しながら包丁を眺めているような光景ですよ」

と言う。私が培養したカニスを見せて、

「ほらブルーフォックスより美しいでしょ」

と言うと、

「先生、でもカビって病原菌でしょ。これでコートは作れませんよね」

と言うので、二人して顔を見合わせて笑ってしまった。

美しくても所詮は人間にとりつくカビだった。毛皮にはならずとも、今後のカビ治療のために役立ってもらわなければならない。見とれてばかりはいられなかった。

真菌症は菌の判定さえ正しければ、ほとんどの病気は完治できる。しかしその肝心の判定が難しく、なかなか見分けがつかないために、治療方法もあやふやになってしまうのだ。それには菌種《きんしゅ》を判別する

「同定《どうてい》」の技術を磨かなければならなかった。

ところが、当時まだ筑波大学の医学系にはカビの専門家がおらず、菌種同定に関しては空洞状態だった。論文やスライドを見て独学しても、同定の技術や実力はなかなか身につかない。実際に多くのカビを培養し、同定の経験をつまなければ、診断につながる菌種同定に対する自信も持てなかった。

そんな私に高瀬は、師の必要性を説いた。

「いい師につくことが、いい医者になる早道でもあるんだ。基本を学ぶときは、最高の師匠について習うべきだ」

私は上野教授に、当時金沢医科大学で皮膚科の教授をしていらした福代良一教授のもとへ、菌種同定の指導を受けたいと願い出て、月2回のわりで通うことになった。

しかし、これは言うはやすく行なうは難しで、なかなか大変なことだった。

福代先生は父の師事した太田正雄先生の愛弟子《まなでし》でもあり、カビの大家だった。日本で真菌症といえば、福代先生の右に出る方はないといわれるほどだったが、東大時代には父の一級上の先輩で、実家へも遊びにみえるような仲だった。私は父の知己《ちき》を頼って、手紙と電話で菌種同定を学びたい旨を伝え、何とか教えていただけないだろうかと頼むと、福代先生は二つ返事で「よろしいですよ」と言ってくださった。

初めて伺った日、福代先生は私を見ると、「あのときの赤ちゃんがこんなに大きくなったのか」と感慨深げにおっしゃられた。私はその様子に、ふっと父の面影をだぶらせていた。

以後、私は第1と第3の日曜日になると、羽田から金沢行きの飛行機に乗った。しかし往復4万円、小松空港から金沢医大のある内灘《うちなだ》までの往復のタクシー代、さらにきちんとした身なりで伺うのでスーツ代、〝金沢通い〟の費用は膨大に必要だった。当時の私の収入では、なかなか大変なことだった。

真菌症の髙瀬先生

福代先生からは実にさまざまなことを学んだ。カビの培養の技術から、スライド培養の作り方、そして組織内の菌形態などを学んだ。菌種同定は何万種とある真菌の中から、病原性真菌50種類を見極め、さらに菌種を決定することだから、さまざまなカビの形態を見分ける講義もあった。しかし、私が先生から教わったことは、真菌にかかることだけではなかった。それ以上に重要なこと。医師として、研究者としての〝あり方〟だったように思う。

「たとえ水虫といえど、患者にしてみれば辛いものなんですから、患者の身になって治してあげなくちゃいけません。それには、鏡検《きょうけん》（顕微鏡検査）のミスがあってはならない。皮膚科の専門医が、正確な鏡検も同定もできないようでは、存在価値がないでしょう」

と、先生はよく言われた。

さらに「研究のための研究など意味がありません。いくら研究をしても患者を治せないような医者は、医者としての資格はない。医者は臨床が命なんです」と言葉を続けた。だから、私が学会発表のために目を血走らせていると、「何も大論文を書く必要はないでしょう。症例を正確に記録して残すこと。そのことが大事なんです」とも。

「いいですか、もし学会発表のときに質問されてわからない場合、そういうときには正直にわかりませんと言えばいいんです。それは研究者として、決して恥ずかしいことではないんです。やっていない臨床検査はやっていないと、正直に答えればよい。やっていないことをやったと、一度でも言ってしまったら研究者としての生命は終わりです。そのことだけは肝に命じておきなさい」

先生は厳しい表情でおっしゃられた。

珍しい真菌症の患者がくると、私はすぐに病変から菌を分離して培養し、ペトリ皿の中でスライド培養を行なう。それを宝物のようにして、ペトリ皿の水がこぼれないよう、慎重に慎重を来して持ち運ぶ私の様子に、「医者に必要なのは経験ですから」と、念を押すように言われたこともあった。

足かけ4年、福代先生のもとに通いつめたが、その期間、私は培養の技術や方法論を学んだだけでなく、医師として、研究者としてのスタンスをみっちり教わったような気がする。

筑波大学に入局して2年目、講師になった私は細菌学の講義にも参加するようになり、福代先生のもとでの勉強の成果が少しずつ現れ、真菌症の患者はほとんど私のところに回ってくるようになった。外来と病棟の間を行き来しているうちに、菌種の株数もフラン器も増え、研究費が足りないときには自腹を切って、必要な器材を購入し研究に没頭していった。

何しろ真菌症の患者といっても、一種類の菌だけが付着しているとは限らない。カビとカビが混生していて、それを分離するのは大変むずかしい作業で、ミクロマニプレーションという技術を用いて、カビを培養し菌種を見分けたときにはドキドキするような感動がある。私は真菌症の患者から病変の一部を取り出すと、基礎医学系の細菌学研究室の片隅で連日培養に明け暮れ、そして論文を書いた。

家に帰っても私は研究にとりつかれ、夫と顔を合わせる時間もなかった。高瀬は「君の頭をかすめるのは、わずかに子供のことぐらいだろう」と言っていたが、確かにそのとおりだった。今でも印象に残っているのは、世界でも18株しか分離されてないクロモミコーシス(Chromomycosis 黒カビによる病気)の患者から、エクソフィアラ　デルマティティディス（E･dermatitidis）を分離した事例で、これもまたつくばにいたからこそ出会えたカビだった。ちなみに、その患者は今も私のクリニックに通院しており、すっかり親戚付き合いのようになってしまった。

もう一人の患者も、真菌症のメッカといわれる茨城県内の人で、昭和41年に東京医大の皮膚科でクロモミコーシスと診断され、局所注射による治療を受けたが、病変が広がり植皮《しょくひ》。ところが10年後に、今度は首に同じ症状が出て筑波大学にやってきたという、あまりない病気だった。私は患者の過去20年にさかのぼって経過を調べ、学会で報告した。

また、全身に黒カビが広がり、ついに脳にまで転移するという、世界でも類のない疾患もあった。

医真菌学会では、学会で発表し症例として認められて初めて、一菌種として認識される世界だった。

一人でコツコツと研究を重ねても、まず学会で認められなければ、臨床例として世に生かされることもない。私は率先して学会発表に力を入れた。

そんな私に陰口をたたく者もいたが、高瀬は、

「真菌といえば高瀬孝子と言われるくらい、その道のスペシャリストになることだよ。それ以外に君が胸を張って大学で生きていく道はないよ」

と言った。

が、そのために私がやらなければならない仕事は、山のようにあった。私はいつも重たい参考書をかかえ、四六時中カビのことばかり考えていた。出勤するときには、小旅行でもするようにサムソナイトを持って、中には文献を詰め込んで、少しでも時間があればそれを読んでいた。朝、エレベーターの中で医学系長に会うと、「君はいつも引っ越しするみたいに大荷物だねえ」と言われ、何だか私はとても恥ずかしかった。

けれどそれでも資料は足りず、私はよく東京の信濃町にある慶応病院の図書室まで出向いていった。が、それも時間のない中あわてて出かけて行くので、コートの下が白衣のままだったり、靴を履き替えるのを忘れて仕事用の白いサンダル履きのままだったり、化粧直しもそこそこに出かける。すると、そういうときに限って昔の同級生に出会ってしまうのだった。

座長
高瀬孝子
先生

仕事が立て込んでどうしても都合がつかないときには、学生にアルバイトを頼むのだが、あるときその頼んだ相手が交通事故にあい、軽い怪我をしてしまった。あわてる私に、たまたま居合わせた弟は、「お姉さんの研究にも、とうとう犠牲者がでたか」と、神妙な顔で言ったのを覚えている。

その当時、筑波大学の生物科学系には椿啓介先生という、カビの分類学で世界的な仕事をされた教授がおられた。私は椿先生のいる研究室に夜な夜な入りびたり、走査型電子顕微鏡の技術をマスターした。

この部屋の先生方は、海や山にいるカビの研究をしており、話題といえばカビ以外にないような、これまたカビにとりつかれた人たちだった。その彼らに、私は「ヒトにつくカビを扱っているヒト」と珍しがられ、話は大いに盛り上がった。

医学系のように人の生死にかかわるドロドロとした仕事ではなく、まるで趣味の延長のように好きで仕事をしている人たちの中で、私はしばしの間すべての面倒を忘れ、カビだけで頭の中をいっぱいにした。私のストレス解消法の一つだった。

そんな日々を送っているうちに、やがて学会でも「筑波大学で真菌を専門としている高瀬先生」として、次第に名前が出てくるようになっていった。

夫の応援歌

筑波大学に勤めて2年目に、助手から講師へ、昇格の話が持ち上がった。しかし講師となれば、仕事の責任もグッと重くなる。今までの仕事に加え、学生の教育や後輩の指導も本格的になる。助手という立場でさえ時間に追われる毎日が、さらに拍車がかかることになるのは目に見えていた。ここへきて再び私は迷い始めた。

筑波にきてからは学位論文の制作に追われ、カビの培養にばかり夢中になっていた。昭和58年にスポロトリコーシス（Sporotrichosis）の原因菌「S・schenckii の研究」で学位を取得したが、一家の主婦が仕事に夢中になれば家のことがおろそかになるのは当然なことで、もはやこれ以上、夫や子供に負担をかけたくはないという気持ちも強かった。私は白黒決着のつかない気持ちで、結論を延ばし延ばしにしていた。

そんなとき上野教授が、私の気持ちを知ってこう言われた。

「僕はカビの専門家がほしくてね。人間、自信を持ってしまったときには成長は止まってしまうんです。あなたのように研究熱心で、いつも前を向いている人は学生たちにもよい影響を与えるでしょう。今までのように研究に励んでくだされば、それでよいのです」

上野先生の穏やかでいて、信念のあるアドバイスに、私は再び闘志がメラメラとわいてくるようだった。

見えない不安に脅えて、自らの可能性をブロックするようなことはすまい。グズグズ悩んでいないで、自分が何をどうしたいのか、その気持ちをまず夫にぶつけてみようと思った。

ところが、高瀬は講師になることに異論があるどころか、もう一つの私の不安を見事には除《の》けてくれたのだった。

「私立大学を出た私が、国立大学の学生に太刀《たち》打ちできるのかしら」

未熟を私が講師として教壇に立ち、学生にものを教えることなどできるのか。私にはまだ、人に教えることへの自信が持てなかった。

すると高瀬は、きっぱりと言った。

「問題は魂が入っているどうかだ。恐れるには足りないよ！」

あまりの明快な答えに私が驚いていると、

「医者は記憶力の勝負じゃない。患者を思いやる心とテクニックだ。君は充分それを磨いているだろう。いいかい、大学はプロの集団だよ。可能性のない者にゲタを預けるほど甘くはないよ」

と言葉を続けた。

夫の応援は百万の味方を得たよりも頼もしかった。もはや迷うことはない。高瀬は私を一人の医師として認め始めてくれている。人間、頑張りがきく時期は、そう長くはないのだ。やれるだけのことはやってみよう。

私は気持ちも新たに、講師として新たな一歩を踏み出した。

がしかし、私は医師であり、母親でもあった。いくら仕事が忙しくても、子供をほったらかしにするわけにはいかない。私は助手時代から来てもらっていた高谷さんに住み込みになってもらえるよう頼み込み、私の手の届かないところは彼女に助けてもらうことにした。

「順年が学校から帰ってきたら、3時までには塾へやってください。おやつはお芋をふかして。夕飯は冷凍のお肉をとかして一口カツに。敦子はバレエがありますから、4時には迎えをお願いします」といった具合に、1日のスケジュールを書きとめておく。子供たちにはなるべく母のいない寂しさを味わせたくないから、無駄に過ごす時間を作らないように工夫した。

ところがスケジュールを書くにも毎日のことなので、疲れきってくるとミミズの這《は》ったような字になっている。高谷さんは心配して、「奥さん、そんなに無理したら体をこわしてしまいますよ」と言った。しかし私としては、そうでもして子供たちとつながっていなければ、母としての役割を放棄しているような気持ちでとても複雑だった。

ジュエリー高瀬

地方で学会発表があると2日、国際会議になれば10日は家を空ける。この間、子供たちの面倒を見てくれる人がなければ、私は学会に出席することはできなかった。私にとってみれば、高谷さんは救世主のような存在だった。おまけに順年や敦子を我が子のように可愛がってくれ、そのお陰で私は外来勤務も病棟勤務も、むろん研究にも没頭することができた。

筑波大学に勤めたばかりの頃は、毎日そばにいた母親がいなくなってしまうので、順年は不満で不満で、約束した時間に私が帰らないと、玄関の鍵を締め自分の部屋に閉じ込もって大学のほうを見ながら泣いていたという。

そこへいくと敦子は生命力旺盛な子だった。通い始めた保育園にもすぐに馴れ、人見知りして泣くようなこともなかった。行ったその日からクラスの子供たちとは友だちになり、先生にもなついて、高谷さんはそんな敦子の様子を見て、「奥さん、敦子ちゃんは一人でおいても逞しく育ちますよ」と言った。仕事で疲れたり、人間関係で落ち込んだりしても、敦子の元気な顔を見るとクヨクヨしているのが馬鹿らしくなるような、不思議な影響力を持った子だった。

こんなことがあった。

学会発表の前日、私は新調のスーツを整え、最後のチェックに余念がない。すると敦子がやってきて、スライドをさわったり、ハンガーにかかった新調のスーツを見て、何だかんだと話しかけてくる。私があわてて、「あ、それさわっちゃダメよ！」と言うと、敦子は驚いて手を引っ込める。ところが敦子は内心思っていた。

（ママがこれほどのめり込むんだから、よっぽど楽しいことに違いない）

敦子が中学生のときに聞いた話である。彼女はわずか5歳にして女医への憧れを抱いたという。

敦子の目に映ったとおり、確かに私は仕事に夢中だった。ことに学会発表には全力投球だった。何しろ走査型電子顕微鏡で撮影した1枚のスライドにも、万感の思いを込めて説明を加えた。

走査電顕の撮影は、培養した真菌を固定するために丸2日もかかる。私は当直になると静まり返った研究室で、深夜まで固定にかかりっきりになった。そうして、ようやくのことで撮影に至る。鮮明に撮れたスライドには、当然熱い思いがこもり、勢い解説文にも感情がこもってしまうのだ。

そのうえ、つくばという土地は世界的にも珍しいカビが多かった。研究者冥利《みょうり》に尽きるというか、私の興味は次から次へと休む間もなく膨らんでいった。

高瀬はそんな私に協力的だった。ときには同じ職場で働く先輩医師として、ときには男の立場から、常に的確で歯切れのよいアドバイスをしてくれた。それでも私の中には、夫が「家庭との両立が無理だから辞めろ」と断言すれば、すぐにも辞めなければならないという気持ちがあった。だから学会発表のときには、いつもこれが最後になるかもしれないという思いがつきまとい、〝最高の発表〟を心がけたのだった。

そんな私に高瀬は、

「孝子、学会発表はショーじゃないんだから、何もディオールを着なくたって発表はできるじゃないか」

と呆《あき》れ顔で言ったが、私は発表する真菌の色やムードに合わせて、スーツまで新調した。

力を入れたのは学会だけではなかった。学生相手の講義も、いつも真剣勝負だった。将来、医師として人の命を預かることになる学生たちに、どうしても覚えてほしい内容と思えば、何度も何度もしつこく説明して聞かせる。しかしシビアな学生は、授業が面白くなければ、暖簾《のれん》に腕押しで一人芝居をしているようなものだった。私はプリズムの入ったノマルスキーという顕微鏡で胞子を撮影し、「美しいカビをより美しくお見せしましょう」と、学生たちの興味を引くように授業を工夫し、さらにはチョークを持つ手に指輪を光らせたり、学生の注目を集めるように色鮮やかなスーツを着たり、涙ぐましい努力を重ねた。

ところがそんな私を見て、学生たちは事もあろうに「ジュエリー高瀬」と私を呼んだ。高瀬は高瀬で、「ダーマトロジー（皮膚科学）がクリスチャン・ディオールを着て歩いている」と冷やかした。私の講義が〝名物講義〟と言われた由縁《ゆえん》は、どうやら授業内容より私のファッションにあったのかもしれなかった。

VOGUE
VOL.7

しかし高瀬も、同じ医師として研究にのめり込む私の気持ちがわかるようで、国際会議などで長期に家を空けることになると、快く承知して留守を預かってくれたりした。もちろん、私もそんな夫の協力に応えるように、スペインやベルギーに行ってもホテルの窓から街の景色を眺めるだけで、ホテル内の会場と部屋を行ったり来たりして終わってしまうという毎日だった。

日本で留守を預かる高瀬は、休みの日には子供たちを東京ディズニーランドへ連れて行ったり、時には高瀬の実家の父や兄までかり出して、一家総動員で子守に当たった。遊園地に行った義父が、順年と一緒にクルクル回るコーヒーカップに乗って大声を出したとか、義兄が回転する乗り物に乗って目を回して座り込んでしまったとか、帰国するとさまざまなエピソードが待ち受けていた。

そうして、高瀬は子守が行き詰まると電気屋に飛び込んだ。私が帰ると、新しいオーディオ製品やらファミコンやら、何かしら電化製品が増えている。

「どうしたの?」

と聞くと、夫は照れ臭そうに、

「君の留守中を、子供たちと有意義に過ごそうと思ってさ」

と頭をかきながら言う。その様子がいかにも、悪戯《いたずら》を見つかった子供のようで、私は思わず吹き出してしまうのだった。

親はなくても子は育つ

今考えても、私の人生の中で一番勉強をしたのは、筑波大学時代だった。福代先生は、「僕は君のお父さんも弟さんも知っているが、これほどには勉強しなかったよ」と言うほどで、高瀬は費用を工面しながら金沢に通う私に、「採算を考えないでやっている人間にはかなわない」と言って苦笑した。しかし、学会発表が重なると次第に横のつながりも生まれ、研究者間での交流も増えてくる。これがまた同胞にしかわからない話題の楽しさがあって、私はますますカビにのめり込んでいった。

が、長男の順年は小学生の後半を迎え、そろそろ難しい年頃に入っていた。気持ちの優しい素直な子で勉強もよくできたのに、なんと〝いじめ〟にあっていたのだった。背中に砂を入れられたり、ときには蹴飛ばされてアザを作って帰ってきたこともあった。私はいきり立って、担任の先生に電話をかけると、「あの子は帝王切開でようやく生まれた子なんですよ」とくってかかったこともある。

そんなとき高瀬は平然としていて、

「そこまで腹を立てるなら、公《おおやけ》にして校長先生のところに話を持っていけばいいだろう」

と言った。

「何もそこまで」

と私が口ごもると、

「いじめるほうにも、いじめられるほうにも原因があるんだよ。そこを順年がよく考えなくては、何も解決しないだろう」

と、高瀬は順年を見て言った。

その頃から私は、順年に空手を習わせ始めた。喧嘩が強くなってほしいのではなかった。逞しい精神力を培ってほしかった。

中学生になった順年が、やり込められて帰ってきたとき、

「何でやり返さなかったの。やられてばかりいるから、相手もいい気になるんじゃない」

と言うと、

「僕が本気になったら、相手は死んじゃうよ」

と順年は言った。

「勉強もできて、腕力もある。そのあなたがどうしていじめにあうの？　きっとあなた自身の態度に何か問題があるんじゃない」

私の言葉をどう受け取ったのか、その後順年は一歩たりとも引かなかった。そして、二度といじめにあって帰ってくるようなことはなかった。順年は順年なりに、自分の弱点を克服したようだった。

一方、長女の敦子も逞しく成長していた。順年が8歳、敦子が4歳のときに、家族で香港旅行をしたことがあったが、そのとき敦子が兄に対してちょっとしたことで反撃にでた。子供子供して幼いとばかり思っていた敦子にも、いつの間にかこんな知恵がついたのかと思うと母親としては感慨深かった。けれど、いかに私が家庭をお留守にしていたか、その証明でもあり、年に1度の海外旅行程度ではとても埋め合わせできないと、私は鬱々《うつうつ》とした気分になってしまったのだった。

順年は思春期に入ると、案の定口をきかなくなった。突然、態度がトゲトゲしくなったり、女の私には戸惑うことが多かったが、さすがにそんなときは男親が頼りになった。

高瀬は順年をドライブに誘うと、かなり長い時間帰ってこなかった。「どこへ行ったの?」と聞くと、「筑波山麓を息子とデート」などと話を茶化したが、若かりし頃の思い出を順年に話してきかせ、何気ない会話の中から生きることのアドバイスを与えていたようだった。

あるとき高瀬は、

「その時間をどこで過ごしたかによって、人生の成果が上がるんだよ」

と言った。

「君は子育ての時期に大学で研究に没頭していたんだから、研究者としての成果は上がっても、子育ての成果は上がらないのが当然じゃないか」

と、子育てを中途半端にしてしまった私に、半ば慰めとも、諦めとも取れぬことを言った。医師になるとばかり思っていた順年が、高校2年のときに歯科を志望した。メカニックなものが好きで手先が器用だから、歯科医師に向いているかもしれないと順年とも話し合ったが、息子の進路変更は、多少なりとも私の及ぼした影響が強いのかもしれないと反省している。もし私が真菌学にのめり込まなければ、順年は幼い頃に抱いたとおりに医学生の道を歩んでいたかもしれなかった。

高瀬にそう言うと、

「大学病院というところは専門家の集まりだから、患者にとっては最後の頼みの綱でもあるんだ。君はそこに勤める医師として当然のことをしてきたのだから、子供たちにも堂々としていればいいんだよ」

と言った。

親しい友人は、

「今のご時世はね、偏差値で騒いでる親のほうが、よっぽど子供をスポイルしてしまってね、〝ダメな親はあっても子は育つ〟という時代なのよ。あなたのように、自分の生きる道を持って突き進んでいるほうが、子供のためなの。子供はね、親の後ろ姿を見て育つものなんだから」

と私を慰めてくれる。

ところが、二人の励ましに気分をよくしていると、あるとき夫が、「いいか女医を嫁にはもらうなよ」

と長男に言っているのを聞いてしまった。そのくせ敦子には、「女医になるのもいいかもしれない」などと矛盾したことを言っている。

「ねえ、あなたはどうしてそういう矛盾したことを言うの？」

と、私が冷やかに問いただすと、

「男心は説明のつかないものなんだよ」

と、高瀬は笑ってごまかしてしまった。

３年前に歯科大学に入学した息子が、最近、「ママのさし歯、曲がってるよ。そんな歯の磨き方じゃ、何の役にも立たないよ」と、下宿先から帰ってくると言う。その様子に、この子はこの子なりの体験と考え方で、ようやく自分の世界を見つけ出したのだろうと思った。

10年ほど前に広中平祐氏が、「不満だらけで鬱々として家に閉じ込もっているような母親からは、幸せな子は育たない。ハッピーな母親でなければ、ハッピーな子供は育てられない」と言っていたが、私はようやくその言葉を、我が身に置き換えてとらえることができるようになった。

今年、順年は22歳。敦子は18歳。親として残されていることは、子供の未来を応援してあげることぐらいになってしまった。

第四章　女医として生きる

花も散りぎわ

昭和54年の4月から平成3年の10月まで、私は12年間を筑波大学で過ごした。助手からスタートして講師になり、私は年10数回もの学会発表をこなしながら、3か月交代の外来勤務と病棟勤務にあたり、毎日を走るように生きていた。

外来ではアトピー性皮膚炎、水虫などの患者の診療をし、病棟では悪性腫瘍や膠原病、膿疱性乾癬《のうほうせいかんせん》などの重症例を診てきたが、治療方針を定める回診のプレゼンテーションは、ときに先生方の意見が分かれ分かれとなり、人の命を預かるドクターの責任の重さを目の当たりにしたものだった。そうした中でも、私は研究に没頭し、四六時中カビのことばかり考えていた。

思えば、あまりに人並みからかけ離れた日常で、ときに母親失格と落ち込むこともあったが、そんな私を支えてきたのは、一つには国立大学の講師としての誇りであり、もう一つには医師としての自分にもっと磨きをかけたいという上昇志向の思いだった。

しかし、少しずつ私の生活のバランスは崩れ始めていた。

平成2年に入ると、皮膚科学教室では上野教授の定年退官という一大イベントを目前に控え、さらに平成3年には大塚藤男教授が着任するなど、馴れ親しんだ職場も世代交代の時期が訪れていた。

それとリンクするように、長男の順年の大学受験が間近に迫っていた。息子の将来をかけた問題が近づいてくれば、夫とて気が気ではない。高瀬の口からも、「いつまで大学で勉強していれば気が済むんだ」という言葉が出るようになっていた。

大きな変り目が迫っている。それがひしひしと伝わってきた。

助手時代の2年間、講師となってからの10年間は、渡る間も惜しんで研究に没頭し続けてきた。その成果は学会でも充分に認められ、私は「TAKASE」という自分の名前のついたエクソフィアラ (Exophiala) 属の新種のカビを世に発表することもできた。あの手この手で研究をし尽くしてきたという思いは、充分に持っていた。と同時に、私は体力の限界を感じるようにもなっていた。

人が思う存分活躍するには、「天の時、地の利、人の和」が必要だ。筑波大学に勤めたこの12年間、私の人生はまさにこの条件に満たされていた。が、上野教授の退官といい、体力の衰えといい、子供の進学問題といい、私に与えられていたバランスが目に見えて崩れ始めていた。

ところが、そんなときに限って選択を迷うような話が舞い込んでくる。某大学から、助教授昇進への打診をされた。

思いもよらぬ話だったが、魅力的な話だった。筑波大学での仕事が、こんな形で外部から評価を受けることに、私はこれまでの努力が報われる思いがした。がしかし、高瀬は顔を曇らせた。

「君がこれ以上、命を削って仕事をしているのを見ていられない」

高瀬はそう言った。

そう、確かに私は「命を削る」ようにして研究に身を費やしてきた。子供たちのことも、夫のことも、すべて後回しにして。だが、命を削るほどの仕事は、裏を返せば私の生きがいでもあった。胃が痛くなるような思いで書き上げた研究論文を前にして、私は言葉にならない至福を味わった。あの充実感は何ものにもかえがたかった。

が、そんな妻の後ろで、夫は自分を押し殺してきたというのだろうか。

常勤になってからの12年というもの、高瀬のアドバイスや応援がなければ、私はとっくに挫けていた。子育てにおいても、高瀬は高瀬なりに協力的だった。そんな高瀬を、私は医師としても夫としても尊敬していた。だが、夫婦の関係は、感謝の気持ちだけでは相殺《そうさい》されない。夫にしてみれば、〝安らぎ〟という見返りがあって初めて、家事や育児を肩代わりしたことへの納得もできる。

私が仕事に燃えた12年は、夫にとっても忍耐の12年でもあったはずだ。高瀬にしても、山のように仕事をかかえて休む間もなく働いていたのだから、もはや限界なのだろう。

状況の変化は、私への天の声なのかもしれない。もうそろそろ自分の落ち着く場所に戻りなさいという天の忠告かもしれないと、私は思った。

追い打ちをかけるように高瀬は言った。

「思い切って開業したらどうだ」

私は高瀬の言葉を聞きながら、辞めるのなら〝華のあるうち〟に、引き際は潔くありたいと思った。花も散り際が美しい。この12年の頑張りに、私なりの喝采を送るためにも引き際は心得ていたい、がむしゃらに生きてきた歳月のラストシーンぐらいは、散り際の花のように美しくありたいと、痛切に思ったのだった。

しかし心の片隅では、どんなに頑張っても、所詮《しょせん》女というのは、「はい、それまでよ」と仕事の幕を下ろさなくてはならないのか。余力が残っていても、家庭の主婦であるがゆえに職場を辞めなければならない女の宿命を、私は心底恨めしく思う気持ちもあった。

得たものも大きかったが、失ったものも大きかった。研究に追われ、寝る間も惜しんで論文を書いていた日々の中では、夫や子供の気持ちをゆっくりと考える間もなかった。

(私の12年は、本当にこれでよかったのか)

私は駆け抜けてきた年月を振り返りながら、改めて家族の関係を見つめ直していた。

論文は不滅です

「これ以上、君が命を削るのを見ていられない」と言った高瀬のひと言が起爆剤となり、私は今まであえて見まい考えまいとしてきた問題に、答えを出さざるをえない気持ちになっていた。

新婚時代、私を家庭に縛りつけようとした高瀬に、私は「それならなぜ女医と結婚したのか」と迫ったことがあった。あのとき、高瀬は何も答えることができなかった。

研究に目を血走らせ、学会発表に燃えて、私が自らの生きがいに酔いしれていたとき、高瀬は「こんなによくやる部下がいたら、どんなに楽だろう」と言ってくれた。

しかし、それはあくまで仕事レベルの話であって、相手が妻となれば話は違う。高瀬にしてみれば、家庭ぐらいは安らぎの場であってほしかったはずだ。

が、筑波大学を辞めれば、私の研究者としての生命線は断ち切られる。そうなれば、これまでの努力も、研究の成果も、すべて泡と消えてしまう。それでも高瀬は家族を取れというのか。

退職を決意したそのときから、私の頭の中でどうどう巡りが始まった。

仕事は確かに楽しかった。しかし10年という歳月は、私から新鮮な感動を奪い取っていた。かつては教壇に立つたびにドキドキとしていた胸のざわめきも失せ、あれほど心震わせて眺めた、カビの胞子さえも時には色褪《あ》せて見えた。

私は、人の病を治すために研究を重ねるべきところを、ただの研究マシンと化し、本来の医師としてのあり方を忘れつつあるのではないか。医師としての原点に戻るべきではないのか。心は右へ左へ大きく揺れ、さまざまな思いが浮かんでは消え、過去が走馬燈のように去来して回った。

学会活動で目立ちはじめると、嫌がらせもあった。研究のためには、家庭のことはすべて後回しだった。むろん夫とゆっくり話をする時間など、ほとんどなかった。そして残ったものは、専門書と資料のコピーと論文の山。犠牲にした子供との時間も、今では取り返しがつかない。私のしてきたことはいったい何だったのだろう。

私はとうとう我慢しきれずに、高瀬に思いをぶつけた。すると高瀬はひと言、「論文は不滅です」と言った。かつて、何十年も前に書いた父の論文を、父亡き後に目にしたように、論文は後世に残り続けて医学の発展のために寄与していく。

「君の研究は臨床に役立つだけでなく、論文を読んで、君同様にカビに魅せられる人間が出るかもしれない。そうしたら、また若い人間が育つじゃないか。君は研究者として、充分責任を果たしてきたじゃないか」

高瀬は迷う私に言った。

そのとき、私の中で何かが弾《はじ》けた。私の中の一つの時代が終わったという、そんな感覚だった。学位も取り、数々のシンポジウムやワークショップもこなし、座長も務め、ラジオ講座にも出演した。思い残すことはないはずだ。

この数日前、私は自分の気持ちを試すように日本小児皮膚科学会で研究報告をしたが、いくら自分を焚《た》きつけても、かつての燃えるような情熱もときめきも感じられなかった。東京プリンスホテルの広い会場に、しらじらと報告を読み上げる私の声が響くだけ。私はまるで他人の報告のように、会場内に反響する自分の声を聞いていた。

私はしばらく研究の第一線を退《しりぞ》こうと思った。充電期間が必要なのだと、自分に言い聞かせた。名誉に目が眩《くら》むようでは、医師として失格だと思った。研究の切れ味も損なわれる。昔のような情熱もなく、徹夜で培養に明け暮れるバイタリティも失せた今、私はもう一度、医師としての自分をじっくりと見つめ直さなければと思ったのだった。

これからの10年は、もっと素晴らしい

数々の迷いを振り切り退職を決意した日、高瀬に意志を伝えると、

「この世の終わりかというような顔をしているぞ」

と言われた。

研究の第一線から離れることは、医師として翼をもがれた鳥のようだった。研究素材からも新薬からも、最新の情報からも遠のいて、私はすぐにも過去の人になってしまうだろう。そう思うと、一度決意した心がまた揺れた。私は迷いを断ち切るように、

「もし、10年後私に会ったとき、指に大きなダイヤをしていたら、開業に成功したと思ってね。私が夜な夜な培養を続けていたら、開業に失敗したと思って詳しいことは聞かないでちょうだいね」

私は学生たちに、冗談めかして退職の意を伝えた。

最後の挨拶に、お世話になった微生物学の橋本達一郎教授を訪ねた。橋本先生は学生時代に福代先生に学んだお一人で、私が金沢通いをしながら福代先生について真菌を学んだことを高く評価してくださり、微生物の授業を受け持たせていただいたり、先生が出版された教科書の一部も書かせていただいたりした。

固い決意のつもりだったが、橋本先生の顔を見た途端、再び大学への未練が頭をもたげてきた。

「これまでの10年は、医師として最高の10年でした。きっとこれからの人生は、灰色だと思います。」

私は世も末という顔で言った。すると先生は、父親のような優しい表情をして、

「これからの10年は、きっとこれまでよりも素晴らしく実り多い10年になりますよ」

と言われた。

その言葉の意味を、私はまだわからなかった。大学病院を辞めて開業医になることは、私にすれば敗北に等しかった。敗者への慰めとしか、私には受け取れなかったのだ。

高瀬はそんな私の気持ちを敏感に察知して、こう言った。

「研修医を終えて、半年かそこいら大学病院で助手をして開業した医者と、大学病院で10年以上も研究を続けて、さまざまな臨床を見てきた医者と、どっちが開業医として適格だと思う？　最初からアトピーしか診られない皮膚科医と、悪性黒色腫《こくしょくしゅ》や膠原病を取り扱ったうえでアトピーも診られる皮膚科医とでは、同じ所見でもまるで違っているはずだよ。開業医として必要とされるのは、総合的な見地から正確な診断をくだせることなんだよ。自分の手に負える患者かどうか、きちっと判断ができなければ、患者は大学病院へ送られる頃には手遅れになっているよ。それじゃ開業医の役目は果たせない。患者の一番近くにいる開業医だからこそ、経験豊富な医者でなくてはならないんだ。だから、君のような人間は

まさに適任なんだ。男はどうしたって地位や名誉に目が眩む。でも女には命を育む本質が備わってる。君のように損得抜きで患者の心配をしたり、研究に没頭できる人間は開業医のほうが向いてるんだよ」

高瀬の言葉には説得力があった。亡くなった父もまた、志に反して開業医の道を歩んだが、高瀬と同じことを言っていた。

大学病院だけがすべてのように思っていた私に、新たな道が見え始めた。

「高瀬皮膚科医院」開業

ところが、いざ開業を決心してみれば、今度は別の不安が渦巻くばかりだった。なにせ開業医となれば経営者でもある。採算があわなければ病院の経営も成り立たない。大学の中で研究ばかり続けてきた私には、地域へのコネクションもなければ知人も少ない。果たして経営など成り立つか。借金をかかえて立ち往生するのが関の山ではないのか。

私は高瀬をつかまえては不安を訴えた。すると高瀬は、

「開業して3か月もたってごらん。きっと君のことだから、経営がどうとかこうというより、患者のカルテを見ながら、目新しいカビの培養に興味しんしんで目を輝かしてるよ。ハハ、まったく目に見えるようだよ」

と、まるで相手にしてくれない。そしてこう言うのだ。

「開業をするのに大切なポイントは3つあるんだよ。その一つが立地条件。それから建物、そして腕。清潔で明るいムードの診察室で、医者が親身になってくれて、それで安い治療費で速やかに治れば、患者が来ないわけないだろ。そういう病院にすればいいんだよ。君が患者の立場になって考えれてみれば、すぐわかることじゃないか」

言われてみれば全くそのとおりで、そういえば開業医をしている同級生が、「開業医の３原則は、安い、治る、待たせないこと」と言っていたのを思い出した。

「開業医っていうのはね、経営者と同じなの。患者の数が少なければ、患者一人に対する治療費の単価を上げていくことを考えるのよ。新しい器材も入れたい、子供は進学でお金はかかる。そのうえ家のローンをかかえていたりと、家計は案外火の車だったりするじゃない。そういう現実があるとね、患者の気持ちになって診察ができないのよ。だから、そうならないように努力するの。毎日、患者の数を数えてるようじゃ、開業しても自転車操業になるだけよ」

医者の世界も、バブルの崩壊には右往左往していた。そういう現実を考えると、私は社会経済を案じてまた不安になる。そんなとき、夫は力強く言った。

「いざとなったらこの家を売って、一から出直せばいいだろう」

このひと言は本当に心強かった。私は思わず、この人と結婚してよかったと、10年ぶりに思ってしまったぐらいだった。

医院の設計は三井ホームに、室内のコーディネイトはホテルオークラのスイートルームを担当した児玉須美子さんに依頼した。

「一見ペンション風で、病院にありがちな冷たいコンクリートのイメージを払拭したいの。ピンクを基調にして、なるべく自然光をとりいれた室内で。それから診察室は患者さんが緊張しないように、応接室みたいなムードに」

皮膚科は、まず患部を充分に観察することから始まる。それには自然光が一番なのだ。人工の光で患部が影になったり、色合いが変わって見えたりしては、正しい診断はくだせない。「だから窓は充分すぎるほど大きくとってくださいね」と私は注文した。

児玉さんと建設会社は、このわがままなオーナーの注文をすべて聞き届けてくれた。診察室には大きな出窓がつき、さらに吹き抜けの天井には大型のルーフウインドウがあり、自然光を十二分に取り入れ、室内も淡いピンクとオフホワイトの色調で落ち着いた感じに。さらに開業してもカビとは生涯付き合っていけるように、クリニックの中に小さいながらも培養室を設けてもらった。そして外観は、希望したとおり見事にペンション風だった。グレーの外壁をピンクの枠で縁取り、屋根はダークグレー。ペンションというよりは、『ヘンゼルとグレーテル』に出てくる〝お菓子の家〟のようだった。

建設中から、「あそこが完成したらすぐに行ってみようね」と、通りがかりの人が言うほど、ユニークな建物だった。

「病院って言うと厳《いか》めしい感じがするけれど、喫茶店にでも行く感覚で入れて、子供が怖がらなくて済みます」

初めて診療に訪れたお母さんにこう言われると、奇をてらったようだったが、少しでも患者の気持ちを和ませることができたことに、我ながら満足がいくのだった。

ママの華麗なデビュー

平成4年5月1日、いよいよ「高瀬皮膚科医院」が開院した。前夜は眠れなかった。「開業医というのは口コミで広がっていくのものだから、初日というのはほとんど患者は来ないよ」と、知り合いのドクターは言っていた。だから出入りの医薬品会社の社員や家族がサクラになって、ご祝儀がわりに診察に訪れるという話も聞いた。私は覚悟を決めていた。せいぜい5人か、多くても10人。患者さんが少なくても、気落ちしないように、私は前日に何度も自分に言い聞かせた。

ところがオープンした途端に、患者が引きも切らずに押し駆けてきた。玄関のドアを開閉する音がひっきりなしに聞こえる。受け付けの事務員と患者のやりとりや、会計のレジを打つ音が絶え間なく続き、私は診察をしていても、何だか地に足がつかないという感じだった。

花輪は届くは、電報は届くは、学校から帰ってた娘の敦子は、「ねえママ、病院というよりブティックの開店という感じね」と言った。

何しろ筑波大学の皮膚科からは2つも花束が届き、かつての同僚は病院を抜け出して、そっと様子を見に来たとか。先に開業された眼科や内科の先生方からも、さらに私のライバルと称するドクターからもシャンパンが届いた。出窓は胡蝶蘭であふれ、私は花に埋もれて診療するという体験にすっかり面食らいながら、むせかえるような香りの中で、仲間のありがたさを噛みしめていた。

初日に訪れた患者は116人。私は昼にビスケットを3枚食べただけだった。夜になり一段落した私のところに、再び敦子がやって来てこう言う。

「ママの華麗なデビューに感動しました！」

長男の順年も、

「よかったね。患者さん来たじゃない。つぶれる心配はないようだね」

と、私が口を開けば「患者さんが来なかったらどうしよう」と言っていたものだから、安心したように顔を出した。

私は帰宅した夫に早速初日の報告をした。すると高瀬は別段驚いた様子もなく、

「良心的にやっていけば間違いないよ」

と言った。

それからは毎日、私は長女の敦子を学校へ送り出すと白衣に着替えて、母屋の隣にある「高瀬皮膚科医院」に出勤した。そして案の定、私は新しい世界に興味しんしんの毎日を送り始めたのだった。

まず開業して驚いたのは、世の中というのは競争社会なのだということだった。大学病院も競争社会であることには変わりなかったが、しかしそれは大学という小さな枠組みの中にすぎなかった。が、開業をした途端、ライバルは地域全体に広がる。男性は社会に出ると「七人の敵に囲まれる」というが、その真意がようやく私にも理解できた。私は夫がいるお陰で、いざとなったら彼の懐へ逃げ込むことができる。ところが男はいつもギリギリのところで生きている。

出入りする業者にしても、みな競争社会の中で売り込みに必死だ。資本主義の自由経済がこれほど厳しいものとは、大学にいたときには感じることもなかった。ブラブラしていても出勤すれば給料が出て、研究に追われることがあっても、病院がつぶれる危機感などなかった。

私は病院を持って初めて、自分がいかに世間知らずだったかを思い知らされた気持ちだった。

さらにもう一つ。私に医師としての新たな発見をさせてくれたのは、訪れる患者たちだった。大学病院のように切羽詰まった患者は少ない。そのかわり生活の臭いをプンプンさせた患者がワンサカ押し寄せてきた。洗剤による手荒れの主婦、紙オムツにかぶれた赤ん坊。水虫やイボ、湿疹、かぶれ、アトピー性皮膚炎、火傷。どんな小さな皮膚炎でも、患者たちはみな治すことに真剣だった。そんな患者に対して、正確な情報を提供し、安心させてやるのも医師の役目だと思った。

患者は診断を聞くと、ホッとしたような顔をして帰っていく。薬の効き方はその患者の精神状態でも差が出てくる。要するに患者が希望を持てば、人間が本来持っている自己治癒力が働き出し回復も早い。

研究に没頭していた頃は、患者の顔よりもカビばかり見ていたから気づかなかったが、皮膚疾患も患者の心模様が大きく影響するのだ。特に痒みの伴うものには、その影響力は強い。臨床例があっても、誰しもその通りに薬が効くとは限らない。だからこそ、患者一人ひとりに誠意を尽くした治療が必要になる。ところが研究一筋の頃には、新種のカビの発見や学会報告の治療法にばかり目がいって、患者の心の負担を考えるゆとりもなかった。心と病気の関係は切っても切り離せない。医療の最前線で、私は訪れる患者たちから、このことを教わったのだった。

名医の条件

あるとき、出入りしている薬品会社の営業マンがこんなことを言った。

「いいお医者さんというのは、患者の話をよく聞いてくれる医者のことなんですよね。で、なおかつ充分な情報を提供してくれる医者。そういうお医者さんは、非常に少ないですよ」

確かにそのとおりだと思う。けれど毎日何十人と診療をしていると、患者一人ひとりの話を聞くのは大変なエネルギーがいる。さらに状況を説明して患者を励ますとなれば、それは予想以上に重労働だ。だがしかしだ、医者が自らその役目を投げ出してしまえば、患者はどこに希望を見い出せばいいのだろう。専門家の何気ないひと言で、患者は一喜一憂する。患者に希望を与えるのも医師なら、患者の希望を奪い取るのもまた医師だった。

もちろんこれも、開業してようやく身にしみてわかったことだった。

あるとき、アトピー性皮膚炎で診療に訪れた男性患者がいた。顔から首にかけて湿疹ができ、これでは恥ずかしくて外も歩けないと嘆く。私は言った。

「ねえ、男の人の魅力って、顔じゃないでしょ。その人の経験からにじみでる人柄とか、ムードとか。女ってそういうものに魅力を感じるのよ。だからね、大変だけれど、この経験もあなたの魅力にしてしまいなさいよ。あせらないで気長にやりましょ。病変もあなたの大事な体の一部なんだから。わがままな女性をなだめるように、優しく扱うのよ」

彼は挫けそうになる頃、診察にやってきて雑談をして帰っていく。そのうち、少しずつ回復の兆《きざ》しが見えて、やがてやって来なくなった。

アトピー性皮膚炎のような場合には、「必ず治ります」とは言えない。もし万一完治しない場合、患者の心に恨みが生まれる。しかし投薬やアドバイスを与えながら、患者と一緒になって治す方向へ向けて努力をしていくことが、やがて患者自身に内在する自己治癒力を高めていくことになる。

高瀬がこんなことを言った。

「治療や投薬はどこか創造的な作業で、臨床論文というのはあくまでパイロットスタディにすぎないんだよ。それをもとに、いかに患者に見合った治療をしていくか。それはもう医師の想像力以外にはない。それが医者のウデなんだ。しかしその想像力というのは、経験を積んだ者でなくては働かない。多くの経験に基づいた広い視点を持っているからこそ、見えてくるものなんだ」

開業前、高瀬が言っていた「総合的な見地に立った診察」とは、まさにこのことだった。

この患者を治してあげたいという思いがあれば、医者の神経も自ずと研ぎ澄まされる。そのとき、知識と経験に基づいた勘とセンスが生きてくる。薬の調合次第では、投薬の量を少なくしても治る病気もある。投薬はまさにサジ加減だった。

「治療というのは、サイエンスじゃなくて、アートなのね」

私が感心したように言うと、高瀬は目を見張って、

「君も本物になったね」

と言った。

その高瀬の言葉に、私はハッとあることを思い出した。大学を辞めるとき、橋本教授に言われたひと言だった。

「これからの10年は、きっとこれまでよりも素晴らしく実り多い10年になりますよ」

教授があのとき言われた言葉は、これまでの私の経験がすべて生きてくることを確信していたからこそ出た言葉だったのだ。

患者とのやり取りを喜々として話す私に、高瀬が言った。

「開業医になって、大学病院での12年間がすべて花開いたじゃないか。医者というのはいかなる経験も無駄にはならないんだ」

私はその言葉を聞きながら、遠い昔、亡くなった父に同じことを言われたのを思い出していた。そういえば、父はこうも言っていた。

「義を見てせざるは勇なきなり」

開業医になりたくてなったわけではなかった。しかし開業医になってようやく、私は患者を治すことの喜びを実感している。大学病院では、講義、学会活動、病棟・外来勤務と、あまりにも目まぐるし過ぎて、患者と接する喜びに浸っている時間もなかった。医師は患者を治すことが使命なのに、その使命を忘れて研究に没頭していたのでは、本末転倒もいいところだった。

医師になって20数年。12年間の大学生活を経て、開業してようやく「医師として使命に目覚めた」と言ったら、父は「まだヒヨコのくせして」と笑うだろうか。

幾つになっても、女ざかりで頑張りません？

先日、論文の整理をしていたら、娘の小学校1年生のときの短い作文が出てきた。それがたまらなく可笑しい。

「うちのママは、いしゃです。あさ、はやくからおしごとに行って、よるはおそくにかえってきます。それで、よるねるまえになると、一人でビールをのみながら、えんかをきいています」

先生がそれに赤字でコメントを書き添えてある。

「おかあさんはそうやって、つかれをいやしているんでしょう」

娘の敦子が小学生のとき、私は筑波大学に勤めフル回転で仕事と研究に駆けずり回っていた。忙しいときなどは徹夜で論文を書き上げて、翌朝は寝ずに出勤することも度々だった。あの頃、私には何よりも仕事が生きがいだった。

順年はあの当時の私を、「ママは怒ってるか、勉強してるかだったね」と言った。「でも開業してから、ママは笑うようになった」とも。

言われてみて、私は初めて気づいた。そういえば、子供たちの前で心から笑ったことなど、一度もなかったような気がする。

大学を辞めると決心したとき、私は仏門に入るような気持ちだった。それが開業して3年、今では家族のことを考える余裕も、笑うゆとりも生まれた。

日曜日を家族とのんびり過ごすことは、何と健康なことか。本を読んだり、子供と話をしたり、時間に余裕のある毎日を過ごすことは、何と心を穏やかにするのだろうか。私は10数年ぶりで味わう当たり前の生活に、しみじみと平凡であることの幸せを噛みしめていた。

開業は思わぬ人生を私の前に切り開いてくれた。医者と患者との関係は、私が想像もしなかったほど密接で楽しいものだった。それどころか、私は医者としての本分を、彼らに教わることにもなった。そうなってくると、研究の方向性も変わってくる。学会発表にステータスを感じていた頃の自分が、全くもってみみっちく思えてくるのだ。カビを培養していても、「お陰さまで」と喜ぶ患者の顔が思い浮かぶ。私の研究はこうした人たちのためにあるのだと、そんな思いが湧いてくるのだ。

思えば、研究に明け暮れていた頃の私は、リスが回転車の中でクルクル回り続けているような状態だった。私の世界は狭い小屋の中。しかし大学を辞め、クリニックの一国一城の主となって、私は初めて世の中という外界に足を踏み入れたような気がした。

研究者としての私は学会で評価されても、医師として北半球しか知らないような人間でしかなかった。南半球には私の知らない医療の現場が延々と広がっていた。なのに私ときたら、世界をすべて知ったような気持ちでいたのだから情けない。が、それもこれも夫がいたからできたことだった。

高瀬と初めて出会ったとき、私は父とまったく考えの違う男性がこの世に存在することに、大きな驚きを覚えたものだった。しかも、その考え方には一本筋が通っている。私は急速に高瀬に魅かれていった。

父によって医師への道に目覚めた私は、夫によって医師として独り立ちすることを教わり、さらに節目節目に私を勇気づけてくれた師と先輩たちがいた。多くの人々の善意と、優しさに包まれて、さらに逆風にあったとき、それを慰め支えてくれる家族がいて、私はここまで来れたのだ。

いくら時代が進んでも、女である以上、家庭と仕事との板ばさみで悩むことは宿命なのだ。もし娘の敦子が医師になったとしても、彼女もまた両立の悩みに揺れる日がくるだろう。しかし私は思う。そうやって悩み苦しんだ日々があったからこそ、人の痛みが多少なりともわかるのだと。

「医師には、無駄な経験などない」と、期せずして父と夫は同じことを言った。今、私はその言葉の意味をしみじみと噛みしめている。医師は患者のためにある。この原点を忘れては、医師として失格なのだ。

「孝子、医者は人間が好きじゃないと務まらないよ。患者を思いやる心がないと、病気なんか治せやしないよ」

父の口癖はいつしか夫の信念と重なり、私へ、そして子供たちへと受け継がれてゆく。来る21世紀、順年はどんな歯科医となり、敦子は幼い頃の夢どおり女医になるのだろうか。そして高瀬と私は……。

昨年、何年かぶりで、夫婦二人っきりでニューヨークを旅した。そのとき、私は高瀬に聞いてみた。

「ねえ、あなた、生まれかわっても、やっぱり私と結婚する？」

「君とは結婚したいけど、できるなら女医じゃないほうがいいね」

私は密かに、「女医とは結婚するなよ」と長男を教育している高瀬を思い出した。そして必ずしも平穏ではなかった日々を振り返り、娘には同じ苦しみを味わせたくないと思う自分に啞然《あぜん》とした。

ハドソン河を下るディナークルーズから、夜霧にけむるマンハッタンをぼんやりと眺めながら私は思った。

この人がいなかったら、私は医師としての喜びに気づくこともなく、女としても果たして幸せだっただろうか。たぶん他の誰と結婚しても、私という女を操縦しきれる男性はいない。この夫だったから、今の私とこの幸せがある。世間知らずの私とともに、25年もの歳月を共に歩み続けてきてくれたことは、どんな言葉をもってしても感謝の気持ちを言い表せない。

起伏の激しい人生だったが、夫の助けを得ながら、今そのすべての経験が仕事に生かされることに、私は改めて医師である自分に喜びを感じている。

もし生まれ変わっても、私は再び女性で、また医師という仕事を選び、悪戦苦闘の人生を歩むだろう。そして、私はきっと同じことを言うのだろう。

「男は外に出て名誉を欲し、女は内にこもって命を育《はぐく》む、女とは元来そういう生きものなのだ。その性の違いに爪を立てても、何も解決しない。女とて、料理や子育てより仕事が生きがいの者もいる。けれど、女という性を捨て去ってしまえば、仕事もギスギスとして味もそっけもなくなる。命を育む役目を持った女性だからこそ、女としての特質を生かし、仕事にも反映させていくべきなのだ」

女の人生は幾つになっても花盛り。20代とは比べようもないけれど、私は40代になっても50代になっても女盛りでいたいと思う。世のため人のため家族のために、女性は太古《たいこ》の昔から、太陽のように輝くべき存在なのだから……。

おわりに

先だって、娘にこんな質問をされたのです。「ねえ、ママの生きがいって何?」

娘の通う高校は、卒業年次に75枚もの論文を提出しなければならず、現在、娘は悪戦苦闘中。なんとテーマは「生と死の医療」。ガン告知や障害者医療の問題に、真正面から取り組んでいるのです。そこで娘は、頭をかかえ込んでしまいました。

「医療の世界にも〝Quolity of life〟って言葉があるでしょ。死を告知されたときって、きっと誰も自分の人生を振り返って、満ち足りた人生だったとか、今度生まれ変わったら違う人生を歩みたいとか、複雑だと思うの。ねえ、ママは医者になって満足してる?」

私はハタと考え込んでしまいました。私にとって「Q・O・L」とは何だったのだろう?

筑波大学での12年間。恩師ともいうべき福代良一先生と出会い、〝カビ一筋に女ざかり〟を過ごして、私は文字どおり研究一途の道を歩いてきました。思えばこの時期に、私は徹底的に医師としての現在の基礎を培ったような気がするのです。この経験は何ものにもかえがたいものでした。まさに医者冥利、研究者冥利に尽き、「Q・O・L」といえば真っ先にこの時期のことが頭に浮かびます。

しかし仕事に燃えた私は、反面、家庭を顧みない悪妻でもありました。妻として、母として、やはり失格だったと思うのです。

時間は待ってはくれません。すっかり手の離れてしまった子どもたちは、自分の足で立って歩きはじめ、今さら私のしゃしゃり出る幕などありません。私としては希望に燃えて人生を歩む子どもたちを見ながら、どこか後ろめたい気持ちが残り複雑なのです。

が、そんなセンチメンタルに浸っていても、過去は戻ってきませんから、私は人生第2幕目の「Q・O・L」を歩むため、ある決断をしました。

遠からず私の手元から去っていく子どもたちを潔く見送り、残された人生は夫とともにいかに充実した人生を歩むか。町医者としての自分をいかに高めていくか。そのためには、これまで以上に努力を重ねていこうと思っているのです。

振り返ってみると、私は本当に多くの人々の善意によって、自分が生かされてきたことを感じます。節目節目に適切なアドバイスを下さった上野賢一教授や、橋本達一郎教授、林英生教授、大塚藤男教授のご恩に報いるためにも、私は町医者の本分を果たしていこうと思うのです。気取りのない本音を聞かせてくれる患者さんたちに、誠心誠意、治療にあたることが、町医者としての私の使命なのですから――

――。

出版にあたり、プライベートを公開するには若干の抵抗がありました。しかし、終戦の年に生まれた私が、時代の流れとともに生き、仕事と家庭のはざまで揺れ動いた体験が、戦後50年という大きな節目に、これからの時代を生きようとしている女性たちの励みになると、周囲から勧められ出版に踏み切ることに致しました。

人は流した涙のぶんだけ成長してゆくものだと思います。この本を読まれて、多少なりとも生きることへの勇気が湧いてこられたら、それは望外の喜びです。

出版に際し尽力くださった長谷川由富・豊子御夫妻、宮下峰子さん、素敵なイラストを書いてくださった五来尚子さんに、改めてお礼を申し上げます。文中、私の幼少時期や父の思い出に関しましては、母はる子が医師会報や同人誌に書きためていたものを参考にしたことを書き添えます。

最後に、これまで私を支えてくれた夫や子どもたち、母や姉弟に心から感謝の意を表して筆を置きたいと思います。

平成7年5月14日　誕生日に

高瀬孝子

著者略歴

高瀬　孝子（たかせ　たかこ）

埼玉県生まれ、東京女子医科大学卒業後、同大皮膚科研修医、助手を経て、筑波大学皮膚科勤務、医学博士号取得、同大講師を十数年務める。

その後、高瀬皮膚科医院を茨城県つくば市に開設し、筑波大学皮膚科非常勤講師を兼任。

Exophiala angulospora Iwatsu, Udagawa et Takase（黒カビの一種）の発見をはじめ、真菌についての著書・論文多数。

第55回日本医真菌学会ベストポスター章受賞、日本医真菌学会評議員、日本皮膚科学会評議員、皮膚科専門医。

外科医の夫と一男一女の四人家族。茨城県つくば市在住。

女医と結婚すべからず

2024年11月30日発行

著　者　高瀬孝子

発行者　向田翔一

発行所　株式会社22世紀アート
〒103-0007
東京都中央区日本橋浜町3-23-1-5F
電話　03-5941-9774
Email: info@22art.net　ホームページ：www.22art.net

発売元　株式会社日興企画
〒104-0032
東京都中央区八丁堀4-11-10 第2SSビル 6F
電話　03-6262-8127
Email: support@nikko-kikaku.com
ホームページ：https://nikko-kikaku.com/

印刷
製本　株式会社PUBFUN

ISBN：978-4-88877-316-4